Stéphane Rousseau

9855
Par-delà les limbes de Kurt Cobain

ROMAN

IconBys

© 2021, IconByS
Stéphane Rousseau
Édition : BoD – Books on Demand, 12/14 rond-point des Champs-Élysées, 75008 Paris
Impression : BoD – Books on Demand, Norderstedt, Allemagne
ISBN : 978-2-3222-1674-1
Dépôt légal : mars 2021

A Céline, pour toujours mon Etoile.
Tout simplement.

A Stéphanie, Gilles et Nina.
Merci pour la voie.

Come as you are
As you were
As I want you to be
As a friend
As a friend

Kurt Cobain – *Come as you are* –
Nervermind 1991 -

Prologue

CAB'

New-York
05 avril 2014

Un tsunami.
Une marée d'équinoxe peut-être.
Une vague très certainement.

En tout cas, une onde plate, constellée d'une infinité d'embarcations monochromes. Les Yellow Cab' new-yorkais voguent au rythme du ressac de la ville. Modulation irrégulière et aléatoire. Plutôt lente, syncopée de silences bruyants. Un authentique tempo. New York me submerge, houleuse et calme. Harmonique dans son chaos.

— C'est complètement bouché. J'sais pas quand on arrivera. Vous êtes pressée ?

Mon Taxi.
Berline Ford Crown Victoria jaune réglementaire, flottante dans l'imperceptible courant cadencé de la 43ème rue, en direction de Broadway.
Nirvana.
Dans l'autoradio.
Heart shapped box, version acoustique, MTV unplugged in New York, ma préférée.
Pas assez fort.

— Vous pouvez monter le son ?
— Aux infos y-z-ont dit qu'ça fait vingt piges aujourd'hui qu'y s'est plombé le mec. Kurt Cobain, un vrai junky le type.
— Ha oui ? Déjà. On ne voit pas le temps passer.

« *Hey ! Wait ! I've got a new complaint.* »

— J'adore ce titre !
— Vraiment ? Ça vaut pas James Brown !
— On est encore loin Monsieur ?

Clin d'œil dans le rétro. Battement furtif mais appuyé de la paupière au travers d'un rideau épais de dreadlocks.

— Vous n'êtes pas d'ici vous ? Suivez Broadway. Quinze minutes à pied si vous ne traînez pas, sinon … !

« *Forever in debt to your priceless advice* »

— Exactement Kurt ! Et merci du conseil Monsieur.

Message sans équivoque.
Mon taxi est indiscutablement enlisé dans les hauts fonds de la circulation.
J'abandonne le navire, son boucanier et Kurt Cobain.

— Combien ? Pas donné New York ! J'aurais peut-être du rester à Seattle.

Je règle.

— Gardez la monnaie. Bonne route.
— Au-revoir Mademoiselle, merci et à bientôt.
— Madame !
— Ok, Madame.
— De rien.

Ballet de dreadlocks à nouveau.
Nouveau clin d'œil. Enigmatique celui-ci.

— Et surtout, prenez soin de vous. Soyez patiente et forte Molly, les choses finissent toujours par s'arranger.

— Pardon ?
« *Hey ! Wait !* » *chante Kurt Cobain.*

— Attendez ! Monsieur …

Trop tard.
Trafic imprévisible.
Une vague scélérate sournoise a déjà englouti le Cab' et la musique de Nirvana.

Alors que je suis noyée dans la foule immense.

1

RITALIN

Seattle, Kurt
5 avril 1994

Déflagration mélodieuse
Et ma combinaison de souffrance se repend.
Substance écarlate.
Bouillie tiède pour tapis.

Et j'observe.
Cet amas organique.
Ce reste de moi.
Le canon du fusil qui fume encore.

Et j'observe.
Et j'observe toujours.

Vingt-sept années de douleurs.

9855

Lithium et Ritalin.
Tourments improbables.
Etrange panoplie.
Je vous quitte et nous sommes quittes.

Fantasmes vains et cruels.
Troubles imprévisibles.
J'ai fait le tour.
Merci à mon "Bowel Syndrome".

Je suis celui qui vous vomit.

Pour l'éternité vous m'avez fait idole.
A jamais je vous méprise.

Et maintenant, je vous observe.

2

ABERDEEN

05 avril 2021

Début de soirée.
Lumières en dépression.
Un printemps qui manifestement ne veut pas éclore.
Effervescence de vide sur les rives bétonnées de Chehalis River.
Et quiétude malsaine sur Young Street qui lentement dissout la clarté du jour.
Je suis à Aberdeen, la désenchantée rayonnante de brume maussade.
Mélancolie contagieuse à peine compensée par la morosité ambiante.

Je suis à Aberdeen, mais je n'y suis pas.
Je suis grisaille mais je suis soleil.

3

VAISSEAU

Et j'observe.

Cette voiture mystérieuse qui arrive de la route 105, traverse bruyamment le pont de Gray Harbor, sous les enchevêtrements improbables de fils et raccords électriques qui viennent déchirer à coups de lignes noires en tension le ciel d'avril encore vaguement bleu.
Réseau insondable indubitablement visible.

Je la regarde s'immobiliser solennellement dans cette ruelle étroite et sinistre de North Aberdeen.
Devant le Clandestino exactement.

Cadillac 67'

Mon année de naissance.

Modèle DEVIL, pardon DEVILLE, comme un manifeste.
Peinture *Noir Triomphal* évidemment. Silhouette longue et lourde. Un capot interminable.
Pavillon recouvert de simili gris. Vitres sombres, impénétrables.
Chromes opulents pour lever tout semblant d'ambiguïté.
Parure grandiloquente, aussi ostentatoire qu'insignifiante.
Pneus immenses d'une largeur imposante sur jantes chromées au diamètre improbable qui arborent en leur centre les prétentieuses armoiries des Tanner en lettres dorées à la feuille d'or fin, posées à la main.
Des échappements menaçants comme des canons débouchent sur les flancs.

A l'intérieur les capitons blancs laiteux, futile quincaillerie funéraire, complètent la caricature. Un véritable cocon délictueux en guise
d'habitacle.
Le coffre aussi.
Démesuré, il accepte tout chargement, surtout s'il est coupable.
Et l'autoradio FM Wonder Bar qui chante trop fort et ironiquement *Jailhouse Rock*. Elvis Presley, un véritable sacerdoce pour Derek et Junior Tanner.
Obscure carrosse métallique. Funeste cercueil garé négligemment sur le parking sombre et lugubre du Clandestino.

Personne n'oserait effleurer du regard la limousine des Tanner.

Mais moi je le peux sans risque ...

9855

4

SOMETHING IN THE WAY

Parenthèse numéro un
04 avril 2021, vers midi

Hurlements.
L'ambulance crache bruyamment sa sirène affolante. La Pontiac défraîchie et bien mal acquise devenue compression improbable n'atteindra ni sa destination ni les sommets des œuvres de César.

Hurlements toujours.
Le métal aboie de douleur sous les caresses de la disqueuse. L'équipe de désincarcération joue un match féerique contre le temps. Etincelles d'acier, crépitement de la tôle à l'épreuve de la vie.

Hurlements encore.

« *Something in the way, Something in the way, yeah* »
« Quelque chose qui gêne, Quelque chose qui gêne, yeah »- Nirvana. Kurt Cobain crie sa peine au fond des écouteurs.

Silence enfin.
Chris, 47 ans, AB+, père légitime de deux enfants, et père d'accueil pour une petite fille sans famille. Une femme presqu'aimante, un chien, deux chats et un pauvre pavillon en banlieue ouest de Seattle, sur la 192ème dans Benson Hill. Chris est paisible dans la carcasse de la Pontiac Phoenix 79'.

Puis le vide.
Batterie lithium en baisse de tension. iPhone qui agonise jusqu'à s'éteindre.
Kurt Cobain ne finira pas sa complainte.

Cendres éternelles dans son sarcophage pseudo artistique, Chris, vulgaire escroc, arrogant et présomptueux mais avec un peu de cœur, n'aurait pas dû trafiquer avec les dangereux frères Tanner.

Junior et Derek ont récupéré depuis longtemps leur précieuse cargaison.
Et l'argent de Al.

« *Something in the way, yeah !* »

5

LA CLEF N°1

Ferme la bien, j'ai pas envie que le vieux nous file encore une rouste ! Déjà qu'on a pas remis d'essence.
— Arrête de toujours me dire ce que je dois faire !

« *let's rock everybody, let's rock*
Everybody in the whole cell block
Was dancin' to the jailhouse Rock ! » chante toujours Elvis.
Junior tourne avec regret l'interrupteur de l'autoradio sur « off ».

— Ça c'est de la musique. C'est vraiment le plus grand. Le King !
— Mais oui Junior, mais oui.
Les frères Tanner s'extraient de la Deville 67' tout en ajustant d'une main assurée leur cravate de soie noire. Costumes identiques assortis, cousus de tissu Fresco

Original, rayures grises verticales. Chemise blanche en coton de Canclini, tissage twill avec col à l'italienne, boutons en nacre franche de Madagascar couture " zampa di gallina", comme une évidence. Poignets mousquetaires et boutons de manchette. Coupe sur mesure bien-sûr. Pantalon à pinces, pli parfaitement formé sur le devant, un ourlet revers lesté pour finir la coupe étudiée. Veste croisée "épaule napolitaine" près du corps, trois boutons. Pochette soie satinée en accord, initiales brodées, bien en vue.
Une différence tout même.
Coquetterie ultime.
Des Berluti aux pieds.
Richelieu Scars Démesure noir en cuir de veau et alligator, pour Derek.
Richelieu Lorenzo Rimini en cuir de kangourou, marron pour Junior.
Sur mesure tout naturellement.
Elégance et dandysme peut-être.
Esbroufe et grandiloquence très certainement.
Derek, c'est l'accident, l'enfant de fin de soirée. La malencontreuse rencontre. Celui qui n'aurait pas dû arriver. Visage buriné d'acné juvénile, cheveux aussi rares que crépus, des oreilles bien trop grandes.
Junior, l'ainé, n'est pas plus beau mais il est la descendance tant désirée. L'assurance d'une lignée perpétuée.

Etonnamment, de ces deux héritiers plus ou moins légitimes se dégage un semblant de raffinement précieux. Mimétisme cinématographique sûrement.

Le vocabulaire est sophistiqué et pédant pour le volubile Junior au contraire de Derek qui semble plus mutique. Mais il se rattrape largement par ses actes mauvais et se fait comprendre facilement, économe en paroles.

— Tiens, met ça dans la boîte à gants s'il te plaît.
— Toi et tes bouquins ! C'est quoi ?
— William S. Burroughs: *JUNKY*, mais t'occupes. Tu ne comprendrais pas.
— Moi j'comprends qu'tu dois fermer la caisse !

La Cadillac donc.
Claquement sourd des pesantes portières.
De concert.

— Ça y est ? Tu l'as fermée ?
— Me prendrais-tu pour un idiot Derek ? Avec cette cargaison, je ne vais pas laisser la Cad' ouverte !
— Avec toi, je m'attends à tout …

Geste ample et maniéré de Junior. La clé de contact de la Cad' lestée de son Saint Christophe en argent massif s'envole lestement par-dessus le capot. Derek d'un mouvement harmonieux et assuré l'intercepte. Les doigts de sa main droite, enjolivés de bagues brillantes et chevalières ornées de pierres se referment avec conviction dessus.

Derek glisse la clé dans la poche de son pantalon non sans s'assurer que le délicat tissu italien ne soit pas froissé.

Regard de connivence.

— Tu es bien certain ?
— T'as qu'à vérifier toi-même !

Clin d'oeil.

Chorégraphie mille fois répétée.

Un dernier regard évasif par habitude vers la voiture endormie et les dandys dérisoires s'engouffrent gracieusement dans l'antre clandestine.

6

LE CLANDESTINO

Porte fortifiée en acier, meurtrière pour contrôle.
Pas de poignée sur l'extérieure.
Peinture noire matte défraîchie.
Sonnette délabrée sur la droite.
Pour les initiés.
Deux pressions sur le bouton poussoir, un blanc, deux pressions.
Recommandation et intronisation obligatoires.
Discrétion impérieuse ensuite.
Vigile patibulaire de rigueur, Franck. Coup d'œil furtif mais précis.
A travers la meurtrière donc.
Paroles spasmodiques, presque du *Morse*. Peu loquace.

— Ah c'est vous. Déjà. Allez-y. C'est calme ce soir. Bonjour Mr Tanner. Bonjour Mr Tanner Junior.
— Salut Franck.

— Bonsoir Franck.

Trois marches de béton d'abord puis introduction par un corridor mince et lugubre. Pas très long. Boiseries exténuées repeintes de *brun cruel* pour soubassement, très loin de l'esprit raffiné d'un salon bourgeois. Le papier peint baroque noir et bordeaux hésite à se laisser abattre. Peut-être est-il déjà mort en fait.
Moquette feutrée plutôt sombre, usée mais soignée. Lumière volontairement paresseuse. Faible musique étouffée d'une provenance indéfinie.

— Junior, oublie pas de ranger les clefs de la Cad'.
— Je te prie de cesser de me dire ce que je dois faire Derek. Tu m'exaspères.
— C'est quoi cette musique ?
— Comment le saurais-je mon cher frère ? Et peu me chaut d'ailleurs.

Et Le Clandestino se dévoile pour ceux qui y sont admis.

Et moi je les observe.
Ces initiés.

Salons pourpres enfumés, enveloppés d'un clair-obscur honteux. Le velours élimé des fauteuils avale goulûment la confrérie délictueuse des clients et la moquette épaisse digère les murmures inavouables.

Le Clandestino se repaît de ses fidèles.
Tables basses art déco en laiton et marqueterie, invariablement réservées, encerclées d'adeptes scélérats et d'habitués malfaisants.
Trois lustres en bronze doré et verre de Murano, en suspension, répandent la pénombre et veillent à l'anonymat des plus coupables.
Un quatrième au centre, cinq lumières en bronze argenté, garniture à lacets et enfilage de perles et gouttes d'eau en cristal laisse tomber une lumière hypocrite sur la table attitrée de Derek et Junior.

— Je me pose le temps que tu ranges les clés Junior.
— Répète ça encore pour voir !
— Tu bois quoi ?
— Un Jack ! Comme d'hab !

A gauche de l'entrée, le bar et son comptoir "années 20" en cuivre pour tour de vigie. Capitonnage en cuir pourpre, et accastillage en cuivre encore sur le devant.
L'inévitable collection d'alcools forts en renfort sur l'arrière, exposée sur tablettes en verre dépoli ceinturées d'une tige de laiton.
Un éclairage blanc pâle indirect vient sobrement révéler les silhouettes des flacons.
— Voilà ! T'es content ! Elles sont à leur place les clefs. Lâche-moi maintenant.
— T'es bien sûr ? …

— Pas avec des glaçons le Jack ! A chaque fois tu m'en mets plein …

Et la scène à la croisée de cette organisation.
Une nef où l'on célèbre des messes sibyllines. Point de convergences des regards et de la lumière. Une estrade étriquée plantée d'un tube d'acier inoxydable poli en guise de croix. Un autel impur et froid. Un éclairage jaune vif direct vient violemment exposer les silhouettes gracieuses sous les yeux concupiscents.
Danseuses crucifiées de regards lubriques.

— C'est qui elle ? Une nouvelle ?
— Mais tu le sais bien Derek, c'est la débutante que Maman a déniché la semaine dernière. J'ai déjà oublié son nom.
— Ah oui ! J'aime bien. Elle est pas mal faite… Faudra que j'aille la voir.

La pole danse, une passion licencieuse au Clandestino.
A l'étage les appartements.
La suite royale des Tanner.
Et quelques chambres ridicules pour les filles. Des cellules en réalité.
Lits superposés et toilettes sur le palier.
Un semblant de cuisine au sous-sol. Equipement minimum et règles d'hygiène sur mesure.

Plus bas encore, au delà de plusieurs volées de marches peu éclairées, le Clandestino se révèle davantage. Tables de jeux et cabines intimes se partagent la distribution avec le fumoir. Parfums musqués mêlés d'arômes d'opium et de graillon.
Serveuses et hôtesses en pâture.
Cabaret de débauche.
Coulisses infâmes.
Pour les initiés.

   — Junior, on a le temps de s'envoyer un T-bone avant la livraison. Ça te dit ?
   — Ok. Vite fait alors.

Le Clandestino semble figé dans les années folles. Repère de gangsters, trafiquants et proxénètes en mal de business et plaisirs prohibés.
Ne cherchez pas d'enseigne lumineuse en façade, c'est le repère du clan Tanner.
Prière de déposer les armes à l'entrée.

Et je vois.

9855

7

AL TANNER

Peu de mouvements derrière le comptoir du Clandestino si ce n'est ceux d'une frêle silhouette qui s'affaire discrètement et silencieusement.

Rangement minutieux des verres suspendus sur les racks dédiés. Alignement méticuleux des bouteilles, classées par catégories. Nettoyage méthodique des doseurs. Pas de fuite de liquides indésirables surtout. Versons la quantité d'alcool préréglée avec une extrême précision. Coup de chiffon en guise de conclusion.

Il est temps de s'attaquer très cérémonieusement au tri des billets verts. Les plus froissés d'abord. Sur le côté. Temporairement. Bien étalés, sous un poids étalon en fonte d'acier. Au Clandestino, on repasse avant de blanchir. Les autres ensuite. Dans la boîte à cigares *Cohiba siglo 6*, cabinet de cinquante pièces, la taille idéale pour le précieux contenu.

Et l'odeur que prend le papier au contact du cèdre parfumé du précieux tabac cubain. Un régal ! L'argent est plus beau quand il exhale des fragrances boisées.

— Où est-ce que j'ai bien pu la poser ?

Là où tu la laisses toujours tomber Al !

Al ne fume pas mais en véritable torcedor, il en possède une vraie cargaison. Boîtes à cigares de luxe, précieusement remplies, méticuleusement classées. Uniquement des boîtes *Cohiba*. Contenant uniquement des vitoles à la cape de papier-monnaie. Collection entièrement exposée dans un immense humidor lumineux sur mesure, totalement vitré.
Vitrine de pouvoir à serrure codée.
Piège à voleur candide.
Affinage de billets verts en cave à l'hygrométrie maîtrisée.
Appellation contrôlée évidemment.

— Qu'est-ce que j'ai bien pu en faire ?

Je l'observe Al Tanner.

Al Tanner, Albert, 1m85 – 60 kg – Menu du chef
Barbaque avariée sur châssis d'os fielleux, sauce aigre-perfide.

Silhouette effilée comme l'allumette providentielle qui enflammera ce cabaret infernal.
Dracula au régime sec. Costume droit, rigidité cadavérique.
Guetteur éternel et intrigant derrière son comptoir à la recherche impérieuse d'une proie facile.
Albert n'a pas d'âge. Ou plutôt un âge avancé.
Sicilien, fils unique, il émigre aux Etats-Unis avec ses parents avant ses dix ans.
New York.
Elevé par sa mère. Le père est parti un jour, un soir plus précisément, sans un mot.
Adolescence dans un petit appartement de Lower East Side à Manhattan. Une seule fenêtre. Vue de rêve sur un mur de briques et escaliers de secours.
Finalement pratique pour filer discrètement.
Livreur pour commencer, vendeur de journaux à la criée ensuite. Et truand rapidement. Ce ne sont pas les connaissances toxiques qui manquent lorsqu'on a grandi dans un tel quartier de New York.
Contrebande d'alcool. Rhum de la Martinique, Whisky Ecossais. Frelatés parfois. Souvent même.
Une carte au syndicat du crime et c'est le début d'un lucratif commerce de drogue, héroïne surtout. Un peu d'opium également.
Quelques armes aussi.
Sa rencontre un soir de paye avec Gloria sa futur femme est une révélation. Autant pour l'argent que pour le vice.

Il ne manquait que les filles.
L'installation à Aberdeen ensuite. Comme une évidence.
Le Clandestino.

— Mais je l'ai pas perdu tout de même !

Je l'observe donc.

Tête de chouette, radar du Styx. Yeux vairons diaboliques. Marron tyrannique à droite, bleu scélérat à gauche. Et l'accent Sicilien.

Cliché toujours.
Des mains graciles mais velues, terminées de serres affutées prêtes à saisir ce colt 45 au canon aussi sombre que mon âme.

— Et ce steak, on se le fait ?
— Bouge pas Junior, je vais commander.
— Junior, c'est pas encore toi qui aurait ma pince à billets ?
— Bah non ! Pourquoi ce serait toujours de ma faute ici ?
— Et vous n'avez rien d'autre à faire que de vous empiffrer à mes frais ?

Al Tanner ou le Clandestino personnifié.

— Gloria ! T'as pas vu ma pince à billets ? Tu sais, la Dunhill en argent, celle avec le saphir sur le côté ?

Et invariablement j'observe.

9855

8

GLORIA TANNER

La quiétude toute relative des salons du Clandestino perturbée par d'incessants vas et viens. Vociférations ininterrompues. Rappels à l'ordre, contrôles permanents. La satisfaction du client quelque en soit la demande. Une religion.
C'est Gloria Tanner qui officie bruyamment.
Poissonnière à la criée dans une autre vie surement.

— Al tu me fatigues ! Et j'ai clairement autre chose à faire que de m'occuper de tes babioles.

J'entends aussi.

— Y aura-t-il un jour où tu ne perdras pas cette pince à billets ?

Je l'entends le tocsin strident de Gloria.

Sanglier infatigable métissé d'un chasseur implacable. Sirène - d'alarme - sur pattes, tête de cochon et corps de baleine. L'affligeante robe léopard clôt le bestiaire. Gloria Tanner c'est la foire de Paris, fastueuse au Goulag. La tenancière maquerelle, mère abbesse dans son clapier de luxure.

Elle dit qu'elle n'est pas proxénète. Elle met « en relation ».
Nuance !
Et puis elle aussi "a couché".
Au début.
Avant.
Gloria Tanner, Grudet de son nom de jeune fille, Elisabeth, est née en France en 1923, à Chartres, famille bourgeoise, éducation stricte et autoritaire. Trois ans chez les Sœurs de Notre-Dame du Saint-Rosaire au Québec quand ses parents ont émigré au Canada.
La rencontre avec Al, un ancien client, lorsqu'elle commence à fréquenter les gangsters et mafieux de Québec. Déménagement à Aberdeen par amour de la nature dit-elle. Une fuite en vérité.
Par nécessité vitale évidemment !

Et le début du business. Par téléphone pour commencer, avec quelques filles recrutées à la sortie des castings. Un

petit appartement ensuite. 30% de commission, pas plus.
Au début.
Ouvrir le Clandestino avec Al est apparu comme une évidence.
Maintenant elle gère.
Uniquement les filles.

— Et combien de billets t'as encore égarés avec ta pince ?

Vingt-sept années qu'elle s'ébroue devant moi.
Vingt-sept années que d'une main de fer elle régente cette maison. Choix draconien de ses protégées. Horaires précis, pesée quotidienne, choix des tenues, inspection des coiffures et des maquillages. Gloria avance avec des objectifs chiffrés. Ceux qu'elle impose.
A n'importe quel prix. Pour ses protégées.
Pour les clients c'est tarifé, évidemment.
Combien de jolies filles perdues j'ai vu ici ? Cinq cent ? Peut-être plus.

— Elle fait quoi Samantha avec nos steacks ?
— T'as bien commandé ? Saignant ?
— Tu me fatigues Derek.

Et les hectolitres de larmes que j'ai vus.

Et il y a ce rayon de soleil qui illumine mes longues journées.

Accroche-toi ma belle Samantha !
Je sais que le moment viendra.

— Molly ! Tu crois que t'es payée à rien faire ? En piste, et vite !

Et pour occuper mon éternité, je regarde la fascinante Molly.

9

MOLLY RICHARDSON

Abjects ! Ils sont abjects.
Serrer les dents, tenir.
Abnégation, ne pas craquer.
Le meilleur est à venir,
Le meilleur est *avenir* !

Spots laiteux dans les yeux, brume lumineuse.

Tainted Love.
Marilyn Manson grésille d'une manière aléatoire à travers les enceintes du Clandestino.

Ne te plains pas Molly, imagine que Junior Tanner nous impose une ballade d'Elvis Presley.

Tout du long de cette barre de métal froid, je m'enroule, je cambre, j'ondule.

Ils bavent les porcs !
Cuissardes noires en vinyle, talons de 15 comme appât.
Billets furtifs dans mon string pour passe-droit.

Et ma fille Courtney qui me manque tant.
Et ma douce Samantha, mon amie.

Et ces enceintes qui jamais ne cessent de cracher leurs relents équivoques.

Et ce magot.
Dans ma loge.
Notre avenir.

Mon Nirvana !

10

MIROIR

Balance à l'équilibre du temps.
Clef de mon âme.

05 avril 1994 – Vingt-sept années et quelques jours d'errance chaotique.
Vous m'avez dévoré.

05 avril 2021 – Vingt-sept années et quelques heures d'errance contemplative.
Je vous hante.

Etrange miroir du temps.
Clepsydre à eau de larmes.

9855 jours et jusqu'ici tout va bien et mal.
Je résume.
Clients, serveuses et danseuses.

Un soir comme tant d'autres.
Al, de faction, niche au comptoir.
Gloria, en patrouille d'inspection parmi ses troupes.
Les frangins, éclaireurs dévoués mais affamés, de retour d'une occulte mission attendent leur gamelle saignante.
Molly, gracile, s'entortille sur son agrès ambigu.
Samantha, stoïque au combat de la clientèle.

Et moi, immuablement, pilier de bar, indiscernable cariatide, rock-star de comptoir aussi sobre qu'invisible, je supporte ce pathétique divertissement depuis 9855 jours et autant de nuits.

SOS Fantôme SVP !

11

BARNEY BENETT

Je l'ai bien vu surgir.
Spectacle ambulant.
Confusion des genres au Clandestino !

Comment est-il entré ? Mystère.

— Salut tout le monde ! Étrange cette musique. C'est quoi ? Marilyn Manson ? C'est moche, non ? On pourrait pas avoir James Brown ?

Hibiscus improbable pour emblème sur chemise Hawaïenne.
Bel étendard.
Aphasique déclaration à la vie. Silencieux cri de joie.
Espadrilles blanches et sarouel assorti pour confirmation.
Prince du Cool !

9855

Barney arbore ses épaisses dreadlocks comme une couronne d'allégresse.
Autour de son cou, l'épaisse chaîne en or massif exhibe une mystérieuse clef.

Allées et venues de tables en tables pour racoler.

Clin d'œil entre deux mèches emmêlées.

— Messieurs, bon appétit ! Je me permets de vous déposer une petite carte   de visite. Pour votre service. Vous avez de la chance. Je communique avec l'au-delà. Je vois votre avenir. A tous. Même le votre Monsieur. Barney Benett, pour vous servir !
— Dégage d'ici et vite.
— Tout de suite … Bonne soirée messieurs.

Voyant habité clame-t-il !
Voyons donc !

Instinctivement.
J'ai observé.
J'ai vu.
Et comment t'es rentré toi ?

— Bah comme toi mon gars, par la porte !
Il m'a parlé ! Il m'entend ?

— *Mais tu m'entends !*
— Heu … Oui, je ne suis pas sourd !
Énigmatique rendez-vous.
Le marabout filou en accostage du fantôme oublié. Barney Benett s'est échoué lestement sur l'îlot du tabouret de cuir granuleux teint de pourpre. Deux épaves dans un atoll infernal.
Voisins de comptoir.

— Benett. Barney Benett, BB si tu préfères !

Main droite tendue en ma direction.

— Grand marabout, médium, voyant et guérisseur.

Carte de visite bariolée de couleurs complémentaires posée sur le comptoir, qu'il glisse solennellement en ma direction. Carton coloré dérisoire lui donnant une aura exceptionnelle.
Tout du moins à ses propres yeux.

— Et toi ?

Ironie magique.
Voyant frauduleux en authentique conversation occulte.
Naïvement.
Ne le sait pas.

— Barman, tu nous mets deux whiskies. Pour mon pote et moi. Merci.

— Va falloir y aller doucement mon vieux. C'est pas la Jamaïque ici ! Deux, vous êtes sur ? Je vous sers un double ?

— Non, je veux deux verres ! Pourquoi, y-a un problème ?

— Non, c'est vous qui voyez.

Fulguration extrême.
Choc électrique peut-être ?
Lumière en perspective.
Ma porte de sortie ?
Une mission sans doute. Un dessein.

Mon *Taxi-driver* pour le Nirvana.
Et maître du temps qui inverse mon sablier de torture.

— *Barney ! Barney ! Mais qui es-tu !*

Premiers mots.
Depuis 9855 jours et quelques heures.
Les premiers mots de toute ma mort.
Balance à l'équilibre du temps je disais. Alors Barney fait la tare.
Mon nouvel ami taré ... Etrange cadeau d'anniversaire de départ.
Vingt-sept ans. C'est passé si vite, si lentement.

Des mots, des mots,
Et mes paroles enfin entendues.

— Barney, il faut que tu comprennes. Tu n'es pas ici par hasard.
Et moi non plus.

— Vous prenez des glaçons dans votre whisky ?
— Non ! Surtout pas. Mais j'en ai commandé deux. Merci.

Et soudain il comprend !
Véritable spectre - véritable voyant.
Tremblements de paupières.
Ouverture !
Attaque coordonnée de vaisseaux sanguins dans le vide sidéral des globes oculaires.
Sidération ! Orbites déviées.
Vibration tangible du halo céleste de l'iris. Me voilà ectoplasme galactique happé par le champs-gravitationnel de ses pupilles, duo de trous noirs en dilatation.
Ahuri et méfiant, Barney me regarde.

— Putain mec ! Mais j'y crois pas ! Kurt Cobain, KURT COBAIN ! Le mec de Nirvana ! T'es pas mort en fait ? T'es mort pour de faux ? Pour l'argent ? Ça alors ! ...

Il faut que je te dise, je préfère tout de même James Brown. Le Grunge c'est pas trop mon truc si tu vois ce que je veux dire …
Ok …
Manifestement, il ne veut pas s'avouer la vérité !

— Barman, le type là, à côté de moi, un peu crasseux avec ses cheveux sales, tu le connais ? C'est un habitué ? C'est dingue !
— Vous devriez arrêter pour ce soir Monsieur, je crois que vous avez assez bu.
— *A ton avis Barney, tu crois vraiment que je dépenserais tout mon temps infini dans ce cloaque hideux ? Tu penses peut-être que je suis venu fêter les vingt-sept ans de ma mort en me payant des filles toute la nuit !*

Regard interrogateur, pas totalement convaincu.

— *Barney, il faut que tu m'aides. Il faut que tu m'aides à sortir d'ici. Je suis prisonnier au Clandestino depuis vingt-sept ! Bloqué ici.*
— Attends mec, je suis pas Mère Thérèsa ! Je peux te re-payer un verre si tu veux. Pour le reste …

La moue manifestement dubitative de Al.

— Non Monsieur, les verres ça suffit pour ce soir. Je ne ressers rien.

— *Tu es le seul à me voir. A m'entendre. A me parler. Tu vas m'aider. Je suis enfermé ici depuis si longtemps.*

La constance de Barney.

— Admettons ... Mais, concrètement, qu'est ce que je peux faire pour toi mec ?
— *Barney, tu es la clef. C'est une certitude.*
— Je sais tout ça ...
— *Quoi ?*
— Non, rien ... je parlais tout seul.
— *Tu acceptes alors ?*
— Peut-être bien ... Mais, c'est tout de même étrange de comploter avec un fantôme !
— *Si tu crois que j'ai choisi d'être là...*
— Alors, tu vas pas le boire ce whisky ?
— *A ton avis ?*
— Pas de regrets ? Je le bois alors.
— Ça suffit Monsieur.
— *Je t'explique Barney, je t'explique.*
— J'écoute.
— *Barney, il faut que je te parle de Sam et Molly. Et de Courtney.*
— C'est qui ça ?

Echange, révélations et planification.

Finalement Barney n'est étonnement pas difficile à convaincre.

— Barman, la fille là-bas. La serveuse, elle est dispo ?
— Ça dépend si vous avez les moyens mon vieux ?
— Resserre-moi un verre et on discute !

12

SAMANTHA ABBOT

Alors ça vient ce steak ou bien ? Et qui a choisi une musique aussi hideuse ?
— Junior, t'arrête jamais de gueuler ?

Le beurre rance qui crépite d'une bile noire et sinistre au fond de la poêle usée.
La hotte crasseuse aussi bruyante qu'inutile. Les effluves de cuisine comme autant de fragrances morbides.
Souvenirs de scènes de désintox.
Ne pas y penser, ne pas replonger.
Surtout.
Jamais plus.
Frisson imprévisible. Palpitation dans les veines.
Respiration.
J'ajuste mon uniforme, enfile mon masque d'impassibilité.

Un œil pour contrôle à travers le hublot crasseux. Voie dégagée. Coup de pied volontaire dans la porte battante.
Respiration à nouveau.
Escalier.
Et j'entre en scène.

Sifflets suggestifs pour accueil. Mugissements concupiscents.
Protégée par ma courte armure de tissu blanc, dentelle et nylon, je pénètre dans l'arène pourpre. Assiettes fumantes de T-bones saignants plein les bras comme armes et bouclier. Talons vertigineux pour éperons.
Première table – Premier contact.

— Haaa ! Enfin ! J'ai failli attendre Sam.

Mains baladeuses et regards libidineux.

— T'es sûre que c'est saignant ça ?

Comment fait-elle pour tenir ?

Blasée !
Fichus Tanner !

Encore un soir navrant de routine.

Par-delà les limbes de Kurt Cobain

Coup d'œil à ma droite : Volubile plante exotique sur sa tige, ma jolie Molly irradie d'un érotisme envoûtant.
Coup d'œil à ma gauche : Volubile illuminé au comptoir. Rasta égaré en conversation exalté avec ses glaçons.

Mais qui es-tu mec ? Comment t'es-entré ? ET ARRETE DE ME MATTER !

Instant choisi d'autorité par Molly pour se réfugier dans la cabine étriquée nous servant de loge commune.
Scène désertée. La barre de métal tente vainement de refroidir. Les spots éclairent le vide.
Pause salvatrice. Furtivement je m'éclipse aussi pour rejoindre notre bulle de survie. Le Rasta attendra.
Véhémente surveillante prise en défaut, Gloria s'est égarée en coulisses.
Faille de l'espace-temps. Je dévale habilement les escaliers et glisse subrepticement dans les couloirs privés du Clandestino.
Porte entre-ouverte, que je pousse délicatement du bout du pied et verrouille aussitôt franchie.

Le traditionnel miroir en verre trempé cerclé d'ampoules à filament au fonctionnement erratique prend tout le volume. Ça s'éteint, ça clignote. Rien d'assuré. Scotché sur la vitre, un polaroïd jauni de Molly et Courtney au parc de Tukwila le jour où elle lui a gagné ce petit ours blanc en peluche. Un chétif tabouret tout de même et des cintres fil de fer suspendus aux tuyaux de cuivre qui transpercent sans réserve notre cellule. Quelques vêtements dessus. Les nôtres !

Peinture verte et jaune sur les murs en parpaings. Plafond jauni de tabac froid duquel pend lamentablement une ampoule, suspendue à sa douille. Lumière blafarde de rigueur.

En dessous, l'étagère métallique à l'équilibre précaire abrite notre vie faite objets.

Et cette boîte que je découvre.

Regard interrogateur.
Je sais que Molly ne fume pas de Cohiba.
Surtout pas autant !
Fuite en attente.
Regards complices.
Alors je pose fièrement la clef de contact de la Cad'67 sur la coiffeuse délabrée. Tintement narquois et cérémonial du Saint Christophe, porte-clefs, porte-bonheur.
Un sourire évocateur et malicieux remplace mes mots.
Regards entendus.
Convergences d'idées et d'actions.

Puis le serment. Sincérité et engagement.
Il est plus que temps d'agir et de reprendre le contrôle de nos vies.
Toutes les deux. Nous deux et c'est tout.

Nous deux au-dessus de tout.
Molly et moi, pour la vie.
Et Courtney aussi.

— Tu n'emportes que le minimum. On ne s'encombre pas mais n'oublie pas tes ailes mon Ange !

Clin d'œil malicieux pour réponse.

On y est. Enfin.
Bientôt.
Mais ce n'est pas le moment.
Attendons un peu.

Un tout petit peu.

9855

13

S & M #1

Parenthèse numéro deux
Quelques jours auparavant, au Clandestino.
La loge.

— Je n'en peux plus. Tu as vu tous ces clients ? Et les Tanner ? Et les autres filles, où vont-elles quand les Tsars viennent les chercher ? Molly, j'ai peur !

Sourire en soutien mais avec une pointe de mystère assumé.

— Sam, écoute-moi. On ne peut plus supporter ça. Il faut absolument qu'on parte d'ici. Définitivement.
— Ah oui, très bien. Mais comment tu veux faire ? Tu ne crois pas que j'y pense tous les jours. Et pour aller où ?
— Je sais. Je le sais bien. Mais j'ai une idée.

Nouveau sourire.
Enigmatique celui-ci.
Déclencheur impérieux de question.

— On peut savoir laquelle ?

Silence.
Sourire encore.
Inspiration.

— Je t'explique ma belle. J'ai remarqué que depuis que Junior Tanner se charge de ranger les clefs de la voiture de son père, il se contente de poser le trousseau sur le comptoir du bar à côté des boîtes de billets en attente de classement. C'est Al qui fait tout ça ensuite mais pas immédiatement. Je ne sais pas pourquoi mais il doit bien se passer un bon quart d'heure avant qu'il ne s'occupe des clefs. Il est trop occupé à ranger ses boîtes de billets. Tu as vu comme il les empile, les déplace, les caresse, les regarde amoureusement. Et tous jours, c'est la même chose. Tu n'as pas remarqué ? Il suffit de passer au bon moment. Discrètement. Et de faire vite ensuite.

Si on est organisées, on attrape les clefs et au moins une boîte de billets ! Avec ça, on aura largement de quoi voir venir.

— C'est pas un peu risqué, non ?

— Qu'est-ce qu'on a à y perdre ? Notre boulot ? Un rendez-vous avec les Tsars ? Personne ne nous verra. Ils sont tous ivres ou camés ici.

— Et dis-moi Molly, comment tu comptes sortir d'ici ? Tu penses peut-être que Franck va t'ouvrir la porte du Clandestino pour que tu passes avec tes valises, des boîtes de cigares de Al sous les bras, et qu'il va t'accompagner pour t'ouvrir la portière de la Cad' ? Bonsoir madame, mais bien sûr Madame, bon voyage Madame. Voulez-vous que je fasse le plein de la voiture ?

Clin d'œil chargé d'implicite.

— Tout simplement par la porte derrière la loge, celle qui donne sur la ruelle sombre. J'ai remarqué que la serrure est cassée depuis que Junior tanner a voulu vérifier qu'elle était bien fermée … Il faut agir ce soir. Avant que les Tsars ne viennent chercher leur livraison.

Moue dubitative.
Attente de réaction.

— Sam, tu te souviens de nos promesses. Aide-moi ! Aide-moi à vivre. Aide – moi à retrouver Courtney.

Silence.
Sourires toujours.
Expiration.

— D'acc'mon Ange ! On se lance. On prend nos deux ailes et on s'envole. Il est plus que temps de reprendre notre vie en main.

14

REVELATIONS

Couloir, escalier.
Retour en salle.
Sans aucun doute, pas assez discrètement. Marilyn Manson ne couvre manifestement pas suffisamment mon arrivée.
Mais j'étais clairement attendue.

Te revoilà Samantha.

— Sam, on a fini. Tu vois pas ! T'attends quoi pour débarrasser nos assiettes ?
— Et en plus c'était trop cuit.
— Comme toujours.

Vociférations de Gloria.

— Sam, t'étais où ? Magne-toi un client t'attend !

— *Ça va être à toi Barney !*

L'avilissante mission qu'elle me confie. La dernière.
Si elle savait… Nouveau chaland. L'inconnu du bar évidemment. Le Rasta !
Mots aimables et encourageants de Al au passage.

— Sam, t'as pas vu ma pince à billets ? Non ? T'as intérêt à assurer avec ce type !

Expérience exotique. S'il paye ! Je ne suis plus à ça près.
Tenue de combat. Vulgaire élégante, aguicheuse tarifée.
Selon le point de vue.
C'est parti pour le sous-sol de luxure. Cabine six. La seule de libre. Ambiance rose. Lit de satin, tissus moirés presque propres, coussins capitonnés et miroirs voyeurs en périphérie.
Porte close derrière moi. Un demi-tour de verrou.
C'est parti. Vingt minutes, pas une de plus.

— Tu veux quoi toi ?

Rires.
Ça risque d'être compliqué avec lui. Encore un taré.
Autant de fantasmes que de clients. Pas de temps à perdre, j'ai de la route à faire.

Ma dance langoureuse en introduction. Lap dance manifestement pas fascinante.

— Tu parles à qui ? Je ne t'intéresse pas ? Tu voulais une autre fille ?

Et mec, c'est moi qu'il faut mater, pas tes mèches dans le miroir !
Ok, tu fumes trop ! Cliché.
Ils sont deux dans sa tête. Mais qu'est-ce que tu me racontes ? Encore un taré.

Tu ne crois pas si bien dire Samantha.

— D'accord, parle-moi de ton ami imaginaire. Kurt ? C'est ça ? T'assumes pas d'être ici. Tu te caches derrière un fantôme qui vient prendre son pied à ta place.

Négation d'un fouillis agité de dreadlocks. De droite à gauche.

Pose lascive plus que sensuelle, mes jambes gainées de leur éternelles cuissardes à lacets, croisées, un peu de cambrure, poitrine ostensiblement exposée à travers mon chemisier déboutonné, assise sur le lit je fais face au rasta camé.
— Allez mec, déballe tes bobards.

"But I can't see you every night ! Free." ABOUT A GIRL.
Paroles prémonitoires. Ironique succès. Le message est passé à la trappe.

Dans la cabine bien trop rose, client invisible, j'observe Sam et Barney. Face à face déconcertant.
Oui Barney je te rembourserai cette passe platonique ! Même si je ne sais pas comment ...
Regard dans le miroir dans lequel je reflète le vide. Je capte les yeux déroutés de Barney.
Il est temps que je m'explique. Barney, ça va être à toi de jouer.
D'abord te présenter. Ensuite gagner sa confiance. N'est pas star qui veut.

— Tu veux me sauver ? Mais sauve-toi mec !
Je dois partir ! Ah bon, je ne le savais pas.
Me protéger ? Mais bien sûr ...
Ce n'est pas toi que le dit, c'est ton pote imaginaire évidemment. Tout ce que tu veux, le compteur tourne. Tant que tu payes.

Hum ... pas facile, Barney, davantage de conviction. Merci !

— Alors je résume. Mais rapidement parce que ta séance est bientôt finie mon gars.

Tu es voyant, et là dans cette cabine le fantôme de Kurt Cobain communique avec toi.
C'est qui ce type ? Ah oui, le chanteur de Nirvana, ce groupe pour ados ! Un vrai camé, non ? Encore un.

C'est tout ce que tu as retenu de moi Samantha ?

— Et maintenant il demande que je reboutonne mon chemisier ! Ok ...
C'est pas lui qui chantait : " *I think I'm dumb* " ? C'est toi qui est dingue. Il te dit qu'il doit m'aider. Qu'il veut me sauver. Qu'il veut sauver Molly. Retrouver Courtney. Joli programme. Il n'a rien d'autre à faire ?
Et il veut pas faire un concert gratis aussi ?
Pour me convaincre il va en falloir davantage.
— Davantage de quoi... d'argent ?
— A ton avis Rasta ?

Merci mon Ami ...
Et Barney de répéter mes mots et mes phrases. Choisis.
Précis. Efficaces. Rassurants.

Quelques anecdotes sur Molly pour commencer. La mettre en confiance. Jeu de séduction par voyant interposé. Délicat exercice de style. Doucement.
Parler d'elle ensuite. Sans l'effrayer.
Quelques confidences, expliquer, convaincre.
Programme ambitieux. Mais essentiel.

Pour Elle, pour Molly et Courtney.
Et pour moi.

Te souviens-tu des paroles que j'ai chantées ?
BREED ?

I don't care
Care if I'm old
I don't mind
Get away
Away, aawy from your home
I'm afraid
Afraid, afraid of a ghost
She said ... good !
(Je m'en fous
Je m'en fous si je suis vieux
Ça ne me dérange pas
Barre toi
Loin, loin de chez toi
J'ai peur
Peur, peur d'un fantôme.)

Et l'Ukraine, on en parle ? Et Courtney ça te dit quelque chose ? Et les clefs de la Cadillac ? Et la boîte de cigares pleine de billets ? On en parle ?
C'est maintenant ou jamais Barney. Je le sais. C'est tout.

Barney, je crois qu'il va falloir rajouter encore un billet ...

Et à force d'anecdotes intimes et d'allusions personnelles, Samantha commence à doucement prendre la mesure de la situation.

Je le sens.

Elle comprend alors.
Qui je suis réellement.
Le danger qui les menace.
Ce que je peux lui apporter.
Et elle voit.
Elle voit bien la petite Courtney qui est une proie en devenir ... pour les Tsars.

Doucement ...
Surement.
Elle comprend.

— *Merci Barney, tu assures.*
— Peut-être, mais tu me coûtes cher Kurt.

Moue dubitative.
Quelques clignements des yeux.
Observation attentive.
Doute.
Réflexion profonde.

Décision pesée.

— Ok mec, tu viens avec nous. Faut qu'on parle. Il va tout de même falloir que tu t'expliques un peu plus. Tu sais trop de choses. C'est bizarre. Mais j'ai l'impression que toi et ton pote imaginaire vous aller nous aider. De toutes façons, on avait prévu de partir ce soir. On ne peut plus attendre.
Molly est décidée. Elle attend mon signal. Elle t'attendra aussi, enfin, elle vous attendra ... Il faut juste s'assurer que Gloria s'absente quelques minutes pour faire ses comptes comme chaque soir. Et ça va pas tarder.
Je me change d'abord. On passera par la loge, sur l'arrière pour rejoindre le parking secrètement. Il faudra être particulièrement discret.
Compris Mr Benett ? Et Kurt il a compris ?

Mouvement de la tête. Ballet chaotique de dreadlocks pour acquiescement. Une méduse qui dit oui en quelque sorte.

Discrètement ! Pas difficile pour un fantôme ! Pour Barney ça me semble plus compliqué mais j'ai confiance. Il est bien entré dans ce club. Il arrivera à en sortir ! J'ai hâte. Vraiment. J'ai hâte.

15

LES AILES

Parenthèse numéro trois
05 avril 2014, fin de matinée
New York, angle de la 43éme et Broadway

— Bonjour, vous avez fait votre choix ?
— Heu, oui … Je crois … Je voudrais un *Peach citrus green tea unsweetened* … C'est bien comme ça qu'on dit ?
— Oui. Et avec ça ?
— … attendez … Heu … donc … une *Hot box céréales butternut and kale*. Et c'est tout. Merci.
— Allez vous asseoir, je vous apporte ça dans cinq minutes. Gardez bien votre ticket avec le numéro de votre commande, B-45. Je note quoi comme nom sur le gobelet ?
— C'est important ?

— On fait toujours ça ici, chez Starbucks, pour tout le monde.
— Ok. Alors, c'est Molly.
— Moly ?
— Non, M.O.L.L.Y , avec deux « L ».
— Deux ailes, comme les anges. C'est ravissant.

Dans le brouhaha ambiant impersonnel et à travers la cohue des new-yorkaises et new-yorkais caféinomen trop pressés et concentrés sur le choix de la formule de menu qui conviendra le plus à leur régime futile, une étincelle de magie.
Esquisse de sourire au coin des lèvres.
Pommettes qui s'empourprent imperceptiblement.
Regard brillant qui glisse vers le bas. Battements de paupières.

— La B-45.
— Ici, s'il vous plaît.
— Et voilà Mademoiselle. Avec nos remerciements.
— Madame.
— Ha, pardon, Madame alors. Madame Molly, avec deux ailes !
— Merci. Et, c'est quoi ton prénom ?
— Pardon ?
— Tu m'as demandé le mien tout-à-l' heure …
Pétillement des yeux.
Légère morsure de la lèvre inférieure.

— Samantha. Mais appelle moi Sam ...
— Tu finis à quelle heure Sam ?

Subtil frisson.
Sourires équivoques.
Qu'aucune new-yorkaise et qu'aucun new-yorkais n'aura capté, trop absorbés assurément par les fabuleuses applications de rencontre presque interactives qui animent leurs écrans de survie.
« You've got an email » probablement.
Virtualité et sentiments, New York se ment et ne vit plus mais Samantha et Molly s'en moquent éperdument.
De toutes les façons, ces sourires ne leurs étaient pas destinés.

9855

16

EVASION

Parking du Clandestino

Sacs remplis du strict minimum posés sur l'immense banquette en cuir blanc de la Cadillac Deville du clan Tanner. Jean fétiche Levis bleu clair, t-shirt blanc et Converse noires. La précieuse boîte Cohiba de vitoles cubaines aux capes vertes et numérotées qui nous permettra de voir l'avenir sereinement, en bonne place sous le siège passager, confortable sur la moquette épaisse.
J'attends secrètement dans la Cadillac les deux mains bien cramponnées au volant en bakélite.
Regard fixe sur le bout de la rue. Les lumières de la ville en perspective. Un phare, une étoile du nord. L'espoir comme guide cette fois-ci.
Un Saint Christophe se balance ironiquement au bout de la clef de contact.

Et Al, sa tête quand il découvrira que sa collection est maintenant incomplète !
Et qu'il lira le message au rouge à lèvres sur le miroir de notre loge.
Bye bye les Tanner.
C'était simple en fait.
La boite d'abord. Et la clef ensuite pour Sam.
Juste une question de courage et d'envie. De survie aussi.
Tendre la main.
Au passage.
Sans s'arrêter.
Courtney vaut bien plus que cette prise de risque.
Et nos existences également.

— Dépêche-toi Samantha, je t'attends.

Une porte dérobée sur l'arrière du Clandestino. Là où personne ne s'aventure. Pas même la lumière. Là où les lumières de la ville n'existent pas.
Léger grincement de la poignée et des charnières sur leurs gonds.
Un regard de contrôle, chargé d'angoisse.

— Barney, c'est le moment.
— Ok, on y va Sam.
— Il est toujours là ton pote imaginaire ?

Plus que jamais Samantha, plus que jamais.

Il est temps maintenant.
Plus que temps de fuir cet endroit.
Par-delà nos espérances désespérantes.
Tout simplement vivre.
Avec toi Molly.
Retrouver Courtney et vivre.

Début de crise d'angoisse au moment de quitter mon bar clandestin. Et si finalement je ne le pouvais pas ? Et si cette évasion me projetait dans une autre épreuve ?

— Reste avec moi Kurt, ça va bien se passer. Enfin, je l'espère …
— *Merci Barney ... mais ... C'est toi qui le dit. Qu'est-ce qui m'attend dehors ? Un nouveau purgatoire ?*

Et je franchis la porte. Sans aucune résistance. Libre. Enfin.

Stupeur de Molly lorsqu'elle a vu Sam débarquer avec un client. Un rasta en plus.

— Il me dit quelque chose ce type … Sam, va falloir que tu m'expliques.
Et encore, elle ne sait pas qu'un fantôme bienveillant mais paumé les accompagne.

— Pas le -temps de discuter. Il faut partir. Tant pis, on se débarrassera du rasta un peu plus loin.
— Doucement avec les portières. Merci.

Evasion tant espérée des limbes du Clandestino.
Je pensais flotter entre deux nappes d'énergies prodigieuses et éthérées.
Je roule en Cadillac.
Surnaturel ou même carrément sur-surnaturel !

Sélecteur sur drive.
C'est parti.
Démarrage d'une ferveur étouffée tout de même.
Equipage discret, tous phares éteints.
La Deville glisse lentement dans la pénombre et s'éloigne prudemment de la ruelle malfamée croisant juste dans un furtif faisceau lumineux une immense limousine blanche suivie d'un énorme et mugissant 4x4 noir.
Aberdeen se dissout dans la nuit pesante et légère derrière nous.

Je suis dans la voiture mais je n'y suis pas.
Je retourne à Seattle. Là où tout a fini. Où peut-être commencé, je ne sais plus.
Et je dévore le paysage nocturne pour la première fois de ma mort.

Samantha et Molly, ensemble enfin. Et Barney à l'arrière.

Regards complices emplis d'espérance.
Guidées par le double rayon jaune des phares engourdis.
Visibilité dérisoire.

Puis le ciel éraflé qui se vide d'une peine trop lourde. L'orage était latent.
Embarcation fragile sous la pluie battante, la Cadillac roule maintenant d'une allure stabilisée sur l'asphalte ruisselante d'une eau glaciale.
Arche de rockeur revenant pour créatures écorchées.

La fameuse route Olympic Highway, celle qui suit la Chehalis River en direction de l'est.

Une intuition soudaine.

  - On va -filer à Seattle. A l'Elvana. Barney il faut lui dire ça. Je ne sais pas pourquoi, mais il faut lui dire.
  — L'Elvana ? Es-tu bien certain Kurt ?
  — *Oui, c'est ce que j'ai dit. Ne me demande pas pourquoi. Je ne le sais pas.*

Impression étrange que Barney est fâcheusement trop connu là-bas ...

Et Molly de répondre :

  — Bien sûr qu'on va à l'Elvana.

Il n'y a que là-bas que j'aurai des informations pour retrouver Courtney ma fille. Tu descends ici si ça ne te convient pas mec.

Un œil goguenard à travers les dreadlocks.

— Heu … non, non ! Ça me va, ça tombe bien, y a longtemps que je ne suis pas allé à Seattle !
— C'est un *diner* sur Aloha Street, dans le quartier Stevens. Je connais quelqu'un qui pourra nous héberger là-bas. Deux heures de route maximum. A cette heure ça doit rouler correctement. On devrait avoir un peu de temps avant que les Tanner ne s'aperçoivent que leur voiture s'est envolée ! Mais dit-moi mec, comment tu sais qu'on va à l'Elvana ? Et t'es qui au fait ? Je t'ai déjà vu toi ? Non ? Et, c'est qui ce Kurt ?
— Heu … je sais pas … peut-être bien.

Pas maintenant Barney, attends un peu encore.

Direction le nord par la monotone route 105. Longue voie rapide d'une rectitude infinie, soulignée par les bandes jaunes latérales. Peinture monochrome monotone.

— Faudra qu'on s'arrête faire le plein, y a que dalle dans cette caisse. Et je vois l'aiguille tomber rapidement.
— En plus on voit rien avec toute cette pluie!
— Et faut que je passe aux toilettes.

— Moi aussi !

Mais pas moi !
Avantage dérisoire et sarcastique de la situation.

9855

17

LES TSARS

Ça s'active au bar.
Nettoyage excessif, presque frénétique.
Chiffon, éponge, brosse. Tout y passe.
Al Tanner s'agace.

— Décidément je ne retrouve pas cette fichue pince à billets !

Tension palpable.

— Derek, coupe-moi vite cette musique dégueulasse, j'en peux plus !

Et Marilyn Manson de se taire enfin.
Visite de la plus haute importance en instance.
Incessamment.
Attente fébrile.

Des phares d'abord. Pénétrants et énigmatiques.
Lueur fantomatique au bout de la ruelle insondable du Clandestino.
Vaisseau sépulcral, la limousine blanche plus imposante encore que celle des Tanner vient s'immobiliser ostensiblement sur le parking, fumée noirâtre à la sortie des quatre pots d'échappement chromés, moteur V8 6,4 litres continuant à brûler le plus de carburant possible dans une palpitation sourde et caverneuse. Sorte de lent roulement de tambour, prémices d'un moment électrique.
Un Humer H1 noir suit docilement. L'escorte incontournable.
Quelques gouttes de pluies disparates histoire de planter un peu plus le décor. Crépitement puis martellement sourd et régulier. Une véritable averse aux relents dramatiques maintenant.
Tac-tac-tac-tac-tac-tac sur le pavillon en vinyle de la limousine.
Comme un concerto de Kalachnikov en tons mineurs
Le soleil avait pourtant brillé toute la journée. Aucun présage.
Bientôt le halo des phares scintille dans les funestes flaques d'eau nouvellement formées dans les déformations lugubres de l'asphalte.
La vitre fumée de la portière avant droite s'enfonce rapidement dans son réceptacle de métal.
Regard de contrôle.

Wladimir Goulonov, le lieutenant dévoué acquiesce de la tête.
Retour aussitôt en position fermée.
Ce sont les Tsars. Personne ne sait d'où ils viennent, mais pour tout le monde, ce sont les Tsars.
Ukrainiens peut-être ?
Stéréotype.
Uniformes de milice, lunettes noires. Holsters en cuir et crosses de revolvers visibles sous la veste. Gestes militaires précis pour ouvrir la porte arrière gauche.
Deux cerbères patibulaires pour accompagner le parrain oligarque.
Un luxueux parapluie tendu. Cascade liquide sur les facettes du bouclier toilé.
Un géant au charisme pétrifiant se déplie avec assurance et prend sa place sous l'abri de tissu. Tenue blanche, chaussures bicolores et pince à cravate aux couleurs du régiment Azov. Fierté peu dissimulée.
Mr Dymitry et son premier cercle d'hommes.
Pas besoin de sonner.
Entrée cérémoniale dans le Cabaret.
Lenteur solennelle et traces de pas humides.
Ces types sont leur propre caricature. Ou des acteurs sans talent trop influencés par les films de Scorsese. Mimétisme encore.
Silence glacial dans le Clandestino.
Une musique d'Ennio Moricone ne choquerait pas.
Regards captés et captivés.

Al, tout sourire factice pour l'accueil mais tout de même avide et convoiteux. Rictus de stress ou de peur en bonus. Accolades théâtrales et forcées, passage de cirage en règle.

— Dymitry mon ami. Quel plaisir. Vous avez fait bonne route ?
— C'est prêt Tanner ?
— La cargaison, oui, je l'ai, évidement. Au chaud au fond du coffre de la Cad'.

Derek, va chercher la commande de Mr Dymitry.
Magne-toi !

Soupire narquois. Les yeux au ciel. Mains croisées dans le dos.
Un soupçon d'impatience.
Une réelle dose en vérité.

— Les filles, oui, elles sont là évidemment. Au chaud elles aussi.
Junior ramène nous les beautés. C'est l'heure du départ.
Elles partent travailler à l'Est ce soir !

Quelques verres de vodka pour patienter. De la Stoli Elit Himalaya édition.
Pas la meilleure. Mais la plus chère.

Distillée avec du blé d'hiver de Russie et de l'eau d'un réservoir de l'Himalaya, une des plus pure du monde.
Bouteille en verre soufflé à la main, pic à glace en or.
Un tsar se traite comme une star.
Avec du cliquant.
Al le sait bien même si à son âge, on en sait toujours un peu moins le lendemain.

— La gamine ? Presque prête. La famille d'accueil me la livre le mois prochain. Vous serez le premier informé Monsieur Dymitry.
— Il vaudrait mieux Tanner. C'est quoi son nom Tanner ?
— Courtney Richardson. Elle est parfaite vous verrez.
— Je ne vous ai pas interrogée Chère Madame Tanner.
— Pardon Monsieur Dymitry.

Pas commodes les Ukrainiens mais pas de problème, ça roule. Tout est prêt.
Cette fois-ci.

La démarche habituelle : livraison, contrôle de la marchandise, dépôt obscur tant attendu dans la boîte de Cohiba, en échange et départ furtif des tsars.
Jusqu'à la prochaine fois.
Comme depuis tant de fois.

Quelques verres de plus, au rythme de la pire musique possible, le tic-tac lancinant et obsédant de l'horloge que rien ne couvre.

Silence embarrassant.

Tic-tac.

Pénible même.

Tic-tac.
Tic-tac.

Entêtant.

Tic-tac.
Tic-tac.
Tic-tac.

Finalement Marilyn Manson ce n'était peut-être pas si mal.
Un rail convivial de cocaïne. Un petit. Pour digérer l'attente. La paille est offerte.

Puis l'ironie sublime d'un instant magique.
Le trousseau au saint Christophe.
Disparu. Introuvable. Envolé.

Totalement impossible pourtant.
Impensable même.
En toute logique, déposé dans le tiroir secret à droite de la caisse enregistreuse. Comme chaque jour, comme à chaque retour de mission des gamins.
Mais cette fois, il n'y est pas. Il n'y est manifestement plus.
Le trousseau s'est évanoui.
Et l'étonnement candide des frangins.
Et la panique, celle d'un enfant de cinq ans, celle de Al tanner.
Et la stupeur, celle de Dymitry.

Recherche conflictuelle des clefs de la Cadillac en prévision !

Et les filles …

— Samantha ? Molly ? Je ne vais pas vous courir après toute la soirée !

Gloria en furie.
Mouvements vifs de la tête, pas rapides et lourds mais démarche peu efficace.
Balancier vigoureux des bras. Souffle rapide. Début de suée. Odeur acre de l'angoisse mêlée à la colère naissante.
La robe léopard dévoile son musc.

Sam et Molly introuvables.
Assurément disparues.

— Mon temps est précieux. Je ne vais pas attendre ma livraison si longtemps, Cher Monsieur tanner. Mes hommes vont l'ouvrir votre coffre.

Et s'ils doivent retourner votre établissement pour mettre la main sur mes filles, ils le feront. Mais dites-moi Cher Monsieur Tanner, avez-vous réellement ma marchandise ?

— Quelle question Mr Dymitry. Vous n'y pensez-pas ? C'est l'affaire de quelques minutes.

Tic-tac.
Tic-tac.
Tic-tac.

— Junior, tu m'as dit que tu les avais rangées !
— Je l'ai fait devant toi Derek. Fiche-moi la paix.

Le bar, refuge vain.

Tic-tac.
Tic-tac.
Tic-tac.
Tic-tac.
Tic-tac.
Tic-tac.

— Et cette pince à billets, bon sang !

Fenêtre embuée mais encore vaguement lumineuse.
— On voit plus rien ici !

Promenade rageuse du chiffon sur la vitre. Al se cherche de la contenance.
La lumière du parking diffuse toujours sa lueur pâle.
Sidération.
Regard interrogateur vers Derek qui papillonne entre les danseuses pour retrouver le trousseau maudit.
Esquive indirecte.
Regard stupéfait à travers la vitre.
Regard furieux vers Junior trop occupé à cirer ses Berluti dans un tel moment.
Eclipse indirecte.
Regard effaré à travers la vitre.
Regard consterné vers Gloria. La cheftaine cavale dans le salon à la recherche du cheptel dispersé.
Recherche directe.
Regard interdit à travers la vitre.
Regard éperdu vers la vitrine.
Regard atterré à travers la vitre.
Regard paniqué vers Dymitry qui blêmit.
Et colère explosive qui crève le silence

Solitude enfin.

Tic-tac.
Tic-tac.
Tic-tac.

Et la main sur le colt 45.

Subrepticement.
Geste de survie dérisoire.

Et la carte de visite bariolée de couleurs criardes, oubliée sur le comptoir. Insolent carton coloré.
L'improbable Rasta bon-sang ! Celui qui est parti avec Samantha.
Sans payer d'ailleurs. Ni les consommations, ni la prestation.

— Si je m'en sors, je fais payer d'avance …
— Vous dites Mr Tanner ?
— Non, rien …

Et le vide sur le parking. Sous le halo blême du lampadaire municipal.
Ironiquement un ballot d'herbe sèche vient s'immobiliser dans une flaque d'eau, pacotille de paille, moqueuse sur la place laissée libre par la Cadillac Deville.
Silence inquiétant et lugubre au Clandestino. Un rire satanique venant du sous-sol ne choquerait pas.

18

MISE AU POINT

<u>Fureur</u> :

Définition : le degré extrême de la colère, susceptible d'entraîner une perte totale du contrôle de l'agressivité, une obnubilation intellectuelle, entraînant des attitudes violentes. L'alcool amplifie cet état.

— Cher Monsieur Tanner, je suis un homme important. Mon temps est précieux. C'est la deuxième fois que j'ai un problème avec vous. En trente ans de carrière jamais un fournisseur ne m'a roulé deux fois. Dois-je appeler mon lieutenant. Vous le connaissez, n'est-ce pas ? Wladimir Goulonov ?
Sourire sardonique.

— heu… oui…

Alors le ciel trop longtemps assourdi se déchire soudain.

Fureur donc du Parrain Tsar.
Orage de fiel, bruyant et lumineux comme jamais.
Vapeurs délétères et hautement toxiques.
Dymitry gronde.

Al Tanner doit résoudre un sérieux problème. Et vite.
Conseil de famille sous tutelle ukrainienne.
Le clan diabolique à l'épreuve du coup d'état infernal.
Trésor, commerce et couronne en danger.
L'argent, le chargement et la Cad' envolés.
Et les Tsars fermement implantés.
Royaume effondré.

    — J'attends ici Cher Monsieur Tanner. J'attends ici tant que je n'aurai pas ma marchandise. Je réquisitionne cet établissement Cher Monsieur Tanner. C'est chez moi maintenant Cher Monsieur Tanner. Et savez-vous ce qu'est la diacétylmorphine Cher Monsieur Tanner ? Et vous Très Chère Madame Tanner ?
    — Bah oui, évidement ! L'héroïne, c'est aussi mon business.
    — Et quelle dose êtes-vous capable de supporter Cher Monsieur Tanner ? Et vous Très Chère Madame Tanner ?

On peut aussi essayer la strychnine. J'aime bien. C'est rapide. Wladimir Goulonov est également un excellent infirmier. Pas délicat, mais efficace. Vous le constaterez par vous même très probablement. Wladimir aime expérimenter. Ca me détendra un peu même si tout cela ne remplacera pas ma marchandise. Je suis très désappointé en vérité. Trouvez vite une solution Monsieur Tanner. Très vite s'il vous plaît.

— Evidemment …

9855

19

BONNIE CAPELAN

Bonnie, trente-six ans, un mètre cinquante-neuf, quarante-cinq kilos, cheveux châtain- auburn, coupe mi longue un peu négligée, maquillage mal choisi et vêtements dépareillés, née en 1985 à Pearland dans le comté de Brazoria au Texas, près de Houston.
Famille nombreuse. C'est la sixième d'une fratrie de sept enfants. Le dernier est mort-né. Ses parents, d'anciens ouvriers de chez Ford à Détroit. Installés dans le bidonville de West Dallas chez leurs parents pour fuir la misère du Nord à la fin des années 80.
Bonnie n'est pas une bonne personne et elle le sait. Pas vraiment progressiste. Héritage sudiste surement.
Un peu héroïnomane, clairement cocaïnoman, elle tente de reprendre le contrôle. Résoudre enfin l'équation insoluble de la drogue mais les maths ce n'est pas son fort.
Vous souvenez-vous de Chris et de la Pontiac 79' ?

Bonnie a rencontré Chris à sa sortie de la prison de Cumberland dans le Maryland après s'être faite arrêter pour un braquage de station-service à Tallahassee. Maigre butin d'ailleurs, vingt-cinq billets minables.
Une idylle malfaisante ensuite.
Deux enfants majeurs partis vivre leur déchéance familiale. Bon débarras. Et une fille de 10 ans en perdition qu'elle accueille pour 120 billets par mois en attendant mieux.
Une jolie collection de larcins minables aussi.
Le mariage par défaut en 2003. Trop jeune évidemment.
Enceinte naturellement.
L'achat du pavillon de la banlieue d'Aberdeen. Une affaire, structure balloon-frame, peinture blanche à peine écaillée, deux chambres, un séjour lumineux et cuisine ouverte avec accès sur le jardin. Paiement en échange de livraisons scabreuses et de deals délictueux.
Ce quatre avril 2021 Bonnie a reçu un sms de l'Iphone de Chris.
« RDV Tanner, matos et biftons dans le coffre, smiley sourire. »
Plus rien ensuite.
Alors évidemment quand Chris n'est pas revenu avec l'argent, Bonnie a tout de suite compris. Impossible qu'il soit parti seul, ni avec une autre. Pas autonome le lascar.

Les larmes et la fureur en réaction.
Pas pour Chris, ce bâtard.

Pour l'argent évidemment.
C'est son avenir meilleur qui s'est envolé.
Un accès illimité à la came sans passer par les casses bidons et les passes minables sur le parking de la station-service.
Par la faute des tenanciers acariâtres. Les ignobles Tanner.

Plan de vengeance.
Immédiatement à l'esprit.
Comme une évidence.
Une obsession.
L'essence, simple, efficace.
Le feu d'abord.
Et la fumée qui purifie.
Un concept de famille.
Walter Wilson, son grand-père paternel, en tant qu'ancien membre zélé du Ku Klux Klan aurait validé ce choix.
C'est certain.
Les jerricans du grand-père donc, dans le coffre de la Lincoln, des vrais *Wehrmacht Kanister*, récupérés dans un surplus de l'armée, en tôle d'acier emboutie de couleur vert militaire et le Zippo de Chris. Celui avec ses initiales gravées. Le cadeau de ses quarante ans, dérobé un soir de travail à un routier irrespectueux qui s'appelait Chester Crawford.
Le plein à la station Chevron de Tacoma que Bonnie connaît trop bien.
20 litres par jerrican, 2 gouttes pour le briquet.

— Ça ne me prendra pas longtemps.
Aberdeen n'est qu'à deux heures de route en suivant la route d'Hylebos Creek. Deux petites heures et en échange, les flammes de l'enfer pour les Tanner. Qu'ils y brûlent pour l'éternité et plus encore.

Défilement régulier des lumières en bord de route. Faisceau jaune pâle en douche des rares lampadaires. Rythme régulier du voyage. Reflets réguliers sur l'asphalte. Vitesse stabilisée.

A mes côtés Chim-Chim, mon jouet porte-bonheur. Quinze centimètres de fer blanc. Souvenir de mon grand-père et de mon enfance, mon singe fétiche, musicien à timbales. Yeux écarquillés chemise jaune sur salopette rouge, sourire carnassier et remontoir à clé dans le dos.
Etonnamment, je suis calme au volant.
Sereine. Figée, déterminée … mais écœurée et dégoutée aussi.
Je roule.
Et cet ours blanc en peluche élimé tombé du siège passager qui m'agace.
Regard fugace vers l'arrière.

— Courtney, tu dors ?

20

POURSUITE

Les Tanner

Pick-up Ford F150 rouge hors d'âge.
Celui des missions scabreuses et des livraisons de proximité.
Celui avec la benne rouillée et les marchepieds chromés.
Garé sur l'arrière du Clandestino.
Comme toujours.
Contact.
Lumières. Essuie-glaces.

— Ha bah, t'as pas perdu les clefs de celui-ci !
— Dois-je répondre ?
— Tu sais que si les filles s'étaient carapatées avec cette caisse, on ne s'en serait pas aperçu de sitôt !
— Et là aussi, je dois répondre ? Voilà une remarque constructive.

— Roule donc.

Autoradio sur On. Elvis comme une évidence. Volume élevé bien sûr.

" *Well, it's one for the money*
Two for the show
Three to get ready
Now go, go, go!"

— Blue suede shoes ! Derek j'adore ce morceau. C'est un signe !
— Mais oui Junior, mais oui … aller, roule, on a du taff.
— Go, go, go !

Et pour se détendre et se motiver, un peu de cocaïne en tube.

— Tiens, reprends-en un shot, il en reste un peu.

Poudre blanche.
Fumée noire.
Reniflement théâtral.
Et revoilà les frères infernaux sur la route, dans une guimbarde fumante cette fois-ci.

— Pour moi, Elvis, c'est le plus grand de tous les temps.
— Tu peux pas dire de tous les temps junior. T'en sais rien.
— Bah si ! C'est le meilleur. C'est comme ça.
— Admettons, mais imagine qu'un gamin au fond son garage en ce moment monte un groupe avec ses copains, batterie, guitare, basse et que ce gamin soit encore meilleur qu'Elvis.
— Impossible.
— Ou même, imagine que …
— Tais-toi ! Et puis tu n'y connais rien. On ne peut pas discuter avec toi.

Course poursuite à distance donc.
Vers le nord.
La route de Seattle. La seule possible. Impossible que les filles soient parties vers le sud. La porte de l'Alaska comme rempart. Le nord comme refuge infaillible. Le meilleur endroit pour disparaître facilement.

— J'ai trouvé cette carte dans la loge des gamines.

ELVANA,
RESTAURANT BAR CONCERT
325 5th Ave N, Seattle, WA 98109

— Y- a ce message au dos : « Je te dois des explications. J'ai la solution ». C'est signé par un certain Trevor.

— Trevor ? Ca me dit quelque chose …

— Oui, moi aussi ! Pas étonnant qu'il soit à Seattle celui-là.

— Au fait, Seattle, c'est pas la ville du Grunge ? Nirvana et tous ces dégénérés ?

— Si, je crois bien. Y a même un musée de la pop culture.

— Merde. J'aime pas ça. Ca ressemble à rien comme musique. Là, on touche le fond. C'est pas du vrai rock'n'-roll. Elles n'auraient pas pu glisser jusqu'à Memphis ?

— N'empêche. On y va Junior. On va à Seattle. Chez les junkies.

Au fait, le vieux m'a dit qu'un rasta les accompagne.

— Un rasta ! beurk ! Encore pire.

Les Tsars

Les tsars ont vite lancé leurs NERVIS en renfort.
Le Tsar en chef ne manque pas de répondant.
Wladimir Goulonov, le lieutenant féroce et implacable en tête. Pugnace à la tâche, surtout inhumaine.

Un coup de fil et tout de suite un autre Hummer H1 noir débouche en trombe au coin de la ruelle du Clandestino.
Crissement de pneus inévitable.
Et maintenant la poursuite à vue derrière les incapables Tanner.
Les 4x4 Humer noirs filent à bonne allure à la poursuite des Tanner.
Une armée de paramilitaires déterminés dans leurs chars d'assauts urbains. En véritable commando organisé. Machines sourdes.
Ne pas se faire doubler sur ce coup par les Siciliens surtout. Ces fichus métèques.
Les incompétents Tanner.
Ne pas décevoir Dymitry aussi.
Et dans les deux 4x4 pas un mot. La rigueur de l'Est, rigide.
Sous le contrôle absolu de Wladimir.
Le silence *Absolut*, comme un signe.
Et pour se détendre et se motiver, un peu de vodka au goulot.

9855

21

LE BUS

Parenthèse numéro quatre
21 octobre 2014, fin de journée
New York, angle de la 43éme et Broadwa.
Starbucks Coffee

— Tu m'as attendue toute la journée !
— On dirait bien ... je ne sais pas pourquoi, mais il le fallait.

Sourires polis.

— Tu t'assoies avec moi ?
— Avec plaisir, j'ai enfin fini ma journée. Et je ne travaille pas de nuit cette fois.

Sourires implicites.

— Alors Molly, raconte-moi, tu fais quoi ici, à Broadway ? T'es actrice ou t'es touriste ? Il n'y que ça ici.
— C'est une longue histoire qui se termine ou plutôt qui se continue Samantha. Pardon, Sam. Je crois que je cherche à me reconstruire en fait. Ca n'a pas d'importance. Mais et toi ? Manifestement il n'y a pas que des touristes ou des actrices à Broadway !
— Disons que je travaille mon rôle de serveuse entre un casting et une cure de désintox ! Un rôle à Broadway finalement ! Beaucoup en rêvent ... C'est temporaire même si ça commence à faire un trop long moment que je fais ça. Et puis vu ce que ça me rapporte je me pose des questions ... Tout ça pour un appart minable à deux heures de train de banlieue...
— Mon contrat ici vient de finir. Je repars demain pour Aberdeen, sur la côte ouest. En bus. Viens avec moi !

Battements gracieux de paupières en signe d'interrogation.

— J'ai envoyé un book pour un casting. Ils m'attendent ! Ils cherchent d'autres danseuses aussi. J'ai eu la patronne au téléphone, charmante, Mme Tanner je crois. La troupe est bien en place et le spectacle rodé.
Ça s'appelle « Le Clandestino » et c'est plein tous les soirs. Elle fournit même le logement.

De toutes façons, je dois retourner à l'ouest. Ma vie est là-bas. Je l'appelle pour toi si tu veux !

— On ne se connaît pas et tu ferais ça pour moi ?

— On ne s'est pas rencontrée par hasard Sam. Je le sens.

— Y-a-t-il quelqu'un dans ta vie Molly, avec deux ailes ?

— C'est direct comme question !

— Oui.

— Je ne sais pas en fait …

— Et toi ?

— Peut-être … mais je sais qu'à deux on est plus fortes et qu'il faut deux ailes pour voler Molly.

Bouche en cœur.

— Il est à quelle heure ton bus mon Ange?

9855

22

LA ROUTE

La route numéro 12 jusqu'à Tacoma, puis la numéro 101 à partir d'Olympia pour remonter vers le nord, un petit bout de la Washington State Road 8 et enfin la numéro 5 pour rejoindre Seattle, à deux pas de l'Alaska.
Pas la peine de préciser que l'ambiance est déjà glaciale.
Silence pesant dans la Cadillac.
Entre excitation et angoisse.

— T'es passé où Kurt ?

— *Je suis ici Barney. Avec vous.*

Les kilomètres s'égrènent dans le confort superficiel et feutré de la voiture. Pas suffisant pour détendre la situation.

— Sam, c'est qui ce type bizarre que tu as ramené ? Et en plus il parle tout seul.
— Qui ça ? Moi ?
— A ton avis ? Y a quelqu'un d'autre ici ?
— Pourquoi tu dis "bizarre" ? "

Explications inévitables.
Pas compliqué de présenter Barney le Rasta-médium.
Pour le fantôme invisible, on est plus dans le domaine de la mission. Chaque chose en son temps.

Désolé, je me serais bien présenté si j'avais pu.
Molly est plutôt tolérante et me pardonnerait bien cette impolitesse !
Ok Barney, vas-y, présente-moi !
Barney ?
Allo Barney ?

— Mais oui Kurt, mais oui, bien sûr, je le leur dis tout de suite.

Barney, qu'est-ce que tu racontes ?

— C'est Kurt, il me dit qu'il est content de faire la route avec vous. Et qu'il te trouve très jolie Sam .

— *Barney, j'ai jamais dit ça ! Tu fais quoi là ?*

— Il dit qu'il m'a choisi parce que je suis le meilleur médium de tout Aberdeen peut-être même de tout le pays.

— Ah bon ? J'ai dit ça ? Barney, tu ne vas pas déjà m'abandonner ? Et notre mission ?

9855

23

LA CLEF N° 2

Parenthèse numéro cinq
Un jour, bien avant tout ça

— Ok Trevor, je marche. Tu peux compter sur moi. Tu le sais bien.
— Ne prends pas trop de risques tout de même.
—T'inquiète. Je gère mec.
— Je te serais redevable toute ma vie mon ami.
— C'est bien possible …
— Pourquoi tu fais ça Barney. Pourquoi tu acceptes de m'aider ?
— Tu veux vraiment le savoir ?
— A ton avis ?

— Et bien tu ne la sauras pas !

— D'accord Barney, garde tes secrets mais surtout ne perds pas la clef.

— Je la garde sur moi, en pendentif, solidement suspendue à ma chaîne fétiche. Elle ne me quittera que quand tu me le demanderas.

— Merci Barney, merci.

Accolade virile mais sincère.
Entre dreadlocks et banane gominée.

24

COÏNCIDENCE

Station-service Chevron, à l'entrée de Tacoma, au niveau de Lakewood.
Calme.
En apparence.
Sonore également.
Odeurs de pétrole et de gaz d'échappement mêlés.

Quelques routiers en pause nocturne plus ou moins méritée.
Quelques filles en orbite aléatoire autour des cabines des immenses camions Kenworth endormis. Mastodontes d'acier silencieux.
Une meute de bikers en transit au loin. Cowboys bedonnants sur montures obèses. Uniforme complet. Cuirs poussiéreux malgré la pluie soutenue, surdose de testostérone

affichée. Bruyants évidemment. Harley Davidson immanquablement.
Furtifs tout de même.
Commerce à l'index.
Illicite probablement.

La pluie d'orage toujours. Inlassablement.
Le porche de tôles métalliques blanches et bleues qui abrite les pompes à essence précipite une lumière trop pâle.
Le fameux logo lumineux bleu et rouge pointe fièrement vers le bas. Un néon grésille ses ondes en demi-teinte. Comme si le bleu avait absorbé le rouge, trop enthousiaste.
Lumière glaciale.
Une épicerie Food Mart lui fait face. Enseigne bleu pâle également ...

— On s'arrête deux minutes pour faire le plein. Je suis sûre que les Tanner nous recherchent déjà. Il ne faut pas trainer.
— Ok Molly, on n'a pas le choix.

Clignotant à droite. Orange, rien, orange, rien. Et les lumières rouges dans les phares arrières de la Cadillac éclaboussent la nuit de leur couleur primaire.
La Cad' 67 vient de stopper devant la pompe numéro neuf.
Odeurs enivrantes des vapeurs d'essence.

Molly émerge doucement de l'habitacle, le cœur sur un tempo inhabituel mais agréable. Sentiment étrange. Tout au fond de l'âme.

— Partez pas sans moi, je passe rapidement aux toilettes.
— D'ac Sam. Fais vite.
— Moi aussi
— Je t'attendrai pas Rasta !
— Ok Molly et oui Kurt, je reviens, attends-moi ici.

— *Barney, arrête ce cinéma, à quoi tu joues ? Molly ! Je sens quelque chose de spécial. Barney ! Barney, tu m'entends ?*

Molly, paisible à côté de la voiture.
Déconcertante mais très agréable sensation.
Toujours.
Persistante.
Presqu'une plénitude.
Pistolet dans la main gauche, main droite sur le coffre pour l'équilibre. Pression sur la gâchette.

— Kurt ? Mr Cobain ? Toujours comme ça avec les stars. Tu rends service et tchao …

— Barney ? Tu ne me vois plus ? Tu ne m'entends plus ? Manifestement la réponse est "non" ! Et tu fais le malin devant les filles.

Hoquet du flexible en caoutchouc noir et le liquide fossile s'écoule dans le réservoir gargantuesque de la Deville au rythme d'un billet toutes les dix secondes.
Molly fixe l'horizon obscur.

— C'est bien le moment ... de perdre contact avec Barney.
Tout au fond de mon âme, je le sens.
Atmosphère électrique.
Connexions exacerbées.

Pompe numéro six. Côté opposé du distributeur de carburant.
Une Lincoln Continental 1981 jaune à la peinture écaillée parcellée de taches de rouille s'immobilise également.
Déplaçoire présidentiel paraît-il.
Bonnie Capelan.
Un œil glacial dans le rétroviseur central, une main nerveuse dans les cheveux ternes. Le Zippo et les Camel sans filtre dans la poche.
Et la voici à remplir le réservoir de la Lincoln.

— Et voilà, plein fait. La suite maintenant ...

Film plastique transparent jeté frénétiquement au sol, paquet en carton légèrement froissé, choix d'une tige victime parmi les vingt prétendantes au bûcher labial.
Un roulement vif du pouce sur la roulette du briquet et la Camel s'embrasse. Frémissements rouges, fumée bleue.
Face à Molly, Bonnie vide placidement la cigarette de sa substance douce et nocive.

— Joli Zippo, sacrée flamme !
— Oui, un véritable chalumeau. On peut tout embraser avec ça. Il appartenait à mon ex-mari. Tu peux m'aider à tenir ce jerrican s'il te plaît ?

Molly, c'est elle ! Elle est là ! Elle est là ! Barney, Barney ! Sam ? Personne ne m'entend ?

Assise à l'arrière, de la Lincoln défraîchie, dans une léthargie irrégulière, presque convulsive sur le cuir froid, une petite fille blonde laisse tomber son ours blanc en peluche élimée et s'affale sur la banquette. Invisible sous sa couette blanche.
Courtney, des cauchemars pleins la tête. Chim-Chim lui a toujours fait peur. Surtout quand Bonnie tourne le remontoir et que Chim-Chim se lance dans un effrayant solo de cymbales.

Et sa respiration qui ralentit lentement jusqu'à se caler sur un rythme apaisé.

Le même que celui de Molly.
Sommeil régulier maintenant. Rassuré et doux. Serein.
Pulsations en phases. Cœurs à l'unisson de la vie.

— *Molly, dire que tu es en harmonie avec Courtney. Si tu savais ! Et je ne peux rien faire.*

Molly et Courtney ironiquement si proches et si lointaines. Et les pompes inondent lentement réservoirs et Wehrmacht Kanisters d'une énergie fugace et explosive.

— *Barney ! Mais il faut le dire à Molly ! Barney !*

Pistolets dans l'automate.
Pompe numéro neuf, pompe numéro six, presque synchrones.
Molly sans même un coup d'œil au compteur plonge dans la limousine
Bonnie, en comparant méticuleusement le ticket et l'affichage du distributeur s'engouffre dans sa voiture après avoir replacé soigneusement les quatre jerricans dans le coffre et non sans avoir oublié de vérifier le niveau du précieux Zippo.
La Cadillac s'éclipse vers le nord. La Lincoln coule vers l'ouest.
Chassé-croisé inouï.

Et soudain Courtney se réveille, un sourire radieux sur les lèvres, Bodha l'ours blanc fortement écrasé entre ses bras et sa poitrine. Apaisée mais légèrement déconcertée.

— As-tu bien dormi Bodha ?

— *C'est pas vrai ... on ne va pas y arriver. Barney, pourquoi ne m'entends- tu pas ? Molly !*
Et moi, je suis totalement désappointé.

9855

25

BARNEY'S MOTORS Cie

Parenthèse numéro six
Seattle, banlieue sud,
Zone industrielle désaffecté
Avril 2011

Un entrepôt délabré parmi tant d'autres. A la limite de la ruine. Métal perforé qui semble avoir pactisé avec la rouille. Merci de laisser juste ce qu'il faut de matière pour que je ne m'écroule pas.

L'aube d'un jour équivoque.
Quelques traits de lumière qui m'éblouissent à travers mes dreadlocks et les perforations de la tôle.

La promesse d'un matin aux relents sucrés.
Lentement Seattle se réveille et moi aussi.
Au rythme d'un dimanche matin qui me permettra de finir cette nuit trop courte.
Ou trop longue, je ne sais plus.
Au fond de mon break Buick désossé, je m'étire.
Un cadavre de Jack Daniels sur la moquette usée.
Un soutien-gorge aussi mais pas le mien !
Cet entrepôt, ma maison.
Cette épave, ma chambre.
Une cassette de James Brown au fond de l'autoradio.
Le Nirvana.
Ok, tout ce travail en retard. Après tout, c'est dimanche.
Mais Barney's Motors & Cie, c'est fermé le dimanche. Ils n'ont pas besoin de leur voiture le dimanche. Le dimanche c'est sacré. Clients trop pressés, trop stressés, trop ...

— Y-a quelqu'un ?
— C'est fermé !
— Ouvrez-moi !
— C'est fermé je vous dis. Et j'ai mal à la tête.
— J'insiste ...

Grincement sinistre de la porte en tôle ondulée sur son rail métallique.

— J'espère que c'est important mon pote ... Tu veux quoi ?

— Tout simplement une nouvelle voiture. Vous en vendez manifestement.

— Tu ne sais pas lire ? C'est marqué « fermé le dimanche ».

— Oui mais j'ai besoin d'une nouvelle voiture.

— Oui, mais pas le dimanche et puis t'as pas l'air très clair toi, on dirait que t'as des choses à te reprocher.

— Ça ne vous regarde pas. On peux parler voiture ?

— J'veux pas d'embrouilles. Tu cherches quoi ?

— Ce que vous avez et en plus je vous donne la mienne.

— Ha oui … faut voir. C'est quoi ton nom mec ?

— Appelez-moi Trevor ça suffira. Il me faut un truc discret, du style de la japonaise qui traîne devant.

— Bon choix. Je viens de la finir, elle comme neuve … enfin presque mais elle est très chère. Je sais pas si t'as les moyens.

— Je peux mettre le prix, c'est une urgence. Y- a aussi plein de boîtes en carton dans mon coffre. Faudrait que je les stocke quelque part …

— J'suis pas garde-meuble mon gars.

— Elles vont vous plaire mes boîtes. Elles sont en forme cœur.

— Y- a quoi dedans ?

— De quoi acheter plusieurs voitures.

— Ok mec, vas-y, rentre. Tu vas m'expliquer ton embrouille.

9855

Et la porte de se refermer discrètement derrière moi étonnement sans aucun grincement cette fois.

26

OBSESSION

Seattle en approche.
La route Olympic. Déserte.
La section d'asphalte la plus sombre.
Celle qui semble ne jamais être fréquentée.
La pluie toujours. Puissante.
Visibilité de plus en plus réduite.
Quelques éclairs. Violents.
Flash soudain.
Et la voiture de dodeliner dangereusement.
Le vent, féroce maintenant.
Arrêt impromptu sur le bas-côté.
Dans le noir complet.
Même les lignes jaunes ont disparu. Peut-être se sont-elles fondues dans l'obscurité ou l'averse les aura dissoutes.
 — Je vais voir ce que c'est.
 — Ok Barney, merci.

L'averse prend maintenant des allures de déluge.
Les dreadlocks de Barney ressemblent désormais à une méduse échouée sur un rocher.

Barney en Médusa. Il ne manquait que ça.
Gorgone de Seattle ! M'interdit t-il l'entrée au pays des morts ? Au moins, je peux fixer ses yeux sans aucun risque !

— On ne voit rien ici. Un pneu ! Complètement éclaté. Avant gauche.

Comme de par hasard.

— Sam, regarde dans le coffre s'il y a une roue de secours.
— Sympa, avec un temps pareil …
— On n'a pas le choix Sam.
— Je sais.

Non Sam, ne regarde pas ! Je sais qu'il ne faut pas.
Et toi Barney, pourquoi ne m'entends-tu pas à cet instant ?
L'orage peut-être ?
A nouveau je suis seul. Avec vous, mais seul.
Poussée de l'index sur le bouton poussoir chromé du coffre.

— C'est fermé Molly, file moi les clés.

Sinistre grincement à l'ouverture.
Le vent encore, saisissant.

— *Sam, tu ne devrais pas ...*

Les vérins paresseux étendent mollement leur tige métallique.
Une ampoule faiblarde se réveille doucement et révèle une singulière cargaison que viennent faire scintiller quelques gouttes de pluies.
Je regarde avec stupeur toutes ces boîtes en forme de cœur.
Je pousse furtivement le couvercle de la première.
Appât infaillible.
Obsession foudroyante.
De quoi planer des années durant ...
Un trésor de tentation.

— Alors Sam, tu dors ou quoi ? Y'en a une ?

Sous les paquets illicites, par chance, la roue et le cric et cette petite pochette noir, en cuir.
Palpitations.

— Super Molly, il y a une roue toute neuve ! Barney, attrape ça !

La pluie ou la sueur dans mon dos. Je ne sais plus.
Claquement furtif du coffre. Main tremblante. Regard vide. Leger rictus sur les commissures des lèvres. La peau qui brûle malgré cette pluie froide. Cheveux collés sur le visage par l'eau glaciale et le vent coléreux.

— *Je t'observe Samantha.*

Une envie profonde sourde dans mon corps transi. Loin en moi.
Loin dans les veines.
Au plus proche de mon âme.
Irrépressible et vénéneuse tentation.
Je reprends ma place à l'intérieur de la voiture, machinalement. Une ride profonde s'est formée sur mon front. Je capte à peine que Barney finit tout juste de changer la roue et j'engouffre la pochette de cuir discrètement dans ma poche.

— Je mets le pneu crevé dans le coffre ?
— Non ! Surtout pas ! On s'en fiche... On n'a pas le temps. Allez, remonte vite en voiture, on a perdu assez de temps comme ça. Roule Molly, roule bon sang !
— Cool Sam, cool ! T'énerve pas. On y va ma belle.

Par-delà les limbes de Kurt Cobain

Les jambes en tailleur.
Sur le capot interminable de la Cad'67 qui déroule à nouveau l'asphalte nocturne, je me pose. Devant le pare-brise. Invisible et inutile vigie. Figure de proue. La pluie me traverse. Le vent aussi. Littéralement. Et je ne sens rien.
Inspiration de retour. Ça faisait si longtemps. Pas de guitare. Dommage. Je n'aurais pas pu m'en saisir.
Fulgurance de paroles qui me viennent naturellement et que je fredonne alors.

" C'est du ciel déchiré trop longtemps assourdi
  Qu'un orage de fiel sans lumière et sans bruit,
  A crevé le silence où se finit la terre
  Pour que j'expire enfin mes vapeurs délétères."

Je les aurai bien mis en musique ces quelques vers. Dans une autre vie très certainement. Il faut que je m'en souvienne ... pas gagné.
Et pourquoi Barney ne me voit-il plus ?
Et Samantha qui va avoir besoin de moi plus que jamais.

9855

27

LE BIKER

La route encore.
Monotone d'obscurité.

    — Non, attends ! Arrête-toi !
    — Quoi ?
    — Tu ne vois pas ? Là, en face.
    — C'est qui lui ?

Quoi encore ?

50 mètres devant.
Côté droit.
Dans le faisceau frêle et malingre des phares. A travers les trombes de liquide glacial. Là où l'obscurité se mêle intimement à l'ombre.
Dans l'averse de noirceur nocturne.

Moi, je ne vois rien.

— Un type, là-bas. A côté de la moto arrêtée.
— T'arrête pas Molly. Je le sens pas lui. Et puis on à autre chose à faire !
— On ne peut pas le laisser comme ça. Surtout d'un temps pareil.

Ah, ça y est. Je le distingue un peu plus maintenant.
Me semble sournois.
Pas fiable.

Bas-côtés inondés.
Une Harley sur la béquille latérale. Une Street Glide. Noir mat.
Tous feux éteints.
Fumante. Panne manifestement.
Un peu d'huile souillée se mélange aux larges flaques d'eau.
Et ce type trempé et dégoulinant qui fait signe des deux mains.
Cuir à l'effigie des Bandidos. Patchs et slogan bien en vue.
« *we are the people our parents warned us about* » (Nous sommes les gens que nos parents nous disaient d'éviter) et feuille d'érable rouge dans le dos.
Celui-ci débarque du Canada manifestement.

La bande de la station service probablement. Quelle solidarité ... Ou une mission illicite en solitaire.

— T'as de la chance qu'on t'ait vu mec.
— Je savais que vous me verriez.
— A cette heure-ci la probabilité de croiser quelqu'un est plutôt faible.
— L'heure à peu d'importance.
— Tu vas où ?
— Là où la route me mène. Je suis en panne. Vous pouvez me déposer ?
— D'accord ...
— T'es sure de toi Molly ? Il a l'air louche ce mec. Et toi Barney, t'en pense quoi ?
— On ne peut pas le laisser comme ça.
— Ok, grimpe ! Mais dépêche-toi. On est pressés.
— J'imagine.

Claquement de portière et la Cad'67 reprend sa route dans une ample gerbe d'eau et cale sa trajectoire sur le rail de peinture jaune au centre de la chaussée.

— C'est quoi ton nom mec ?
— Sympa cette voiture, je ne la voyais pas comme ça.
— On va à Seattle, ça te va.
— C'est pas la caisse des Tanner ?

— Pardon ?

— Quoi ?
— Non, rien.
— Je pensais que c'était la caisse des Tanner. Vous les connaissez pas ? Une *famille* d'Aberdeen. Tout le monde les connaît.
— Je sais pas ...
— Y'en a pas beaucoup des tires comme celle-là.
— T'écris quoi sur ce petit carnet ?
— Mon carnet ? Ah heu ... , rien de spécial. Une histoire sans importance qui me passe par la tête. On est encore loin de Seattle ?
—- Non, on arrive bientôt. On est déjà au niveau de Five Mile Lake Park.
— Ok, c'est cool. Vous livrez où ?
— Quoi ?

Il veut quoi ce type ?

— Non, rien, je réfléchissais tout haut.
— Mais, t'écris quoi là ?
— T'occupe. C'est mieux ainsi. Vous pouvez me déposer ici ?
— Si tu veux mec.

Petit parking sur Fairway avenue. Au niveau du 1801, un entrepôt sordide près des docks.

— Bonne route à vous les amis, ravis d'avoir fait votre connaissance. Et je trouve ça vachement balaise. Franchement. Voler la tire des Tanner !

Page déchirée du carnet. Un numéro de téléphone griffonné au dessus.

— On pourrait s'arranger pour le business si vous changez d'avis.
 Bye !
— Quoi ? Hé, attends ! Il est où ? Mince, Il a disparu comme il est arrivé.
— C'est pas grave. Moins on le verra ce type, mieux ce sera.

C'est ça, bon débarras. Sournois je disais ! Erreur, plutôt fourbe en fait.

— Bonne nouvelle, on arrive à L'Elvana, j'aperçois le parking d'ici.
 J'espère que je n'ai pas fait le mauvais choix en venant ici.
— C'est ton choix Molly, alors, c'est le bon.
— Moi j'espère que les Tanner ne vont pas rappliquer trop rapidement.

Oui, il vaudrait mieux.

9855

28

L'ELVANA

Seattle
Comté de King

La cité d'émeraude.

La cité de mon illustre partenaire du très select club funeste des 27', Jimmy Hendrix.
Erres-tu aussi Jimmy ? Cherches-tu toi aussi le destin qui est le tien dans une mort inachevée ?

— Normalement il est toujours là.

Je vous raconte : deux ans à la San Francisco Ballet School. Un casting inspiré à Broadway et ma rencontre avec ce chanteur enjôleur, Trevor. Neuf mois plus tard

Courtney éblouissait notre vie. Les services sociaux un peu moins quand le théâtre que tenait Trevor a fait faillite après un incendie plutôt violent. Et Trevor qui s'est sauvé dès qu'il a pu. Effrayé je crois. Endetté en fait. J'en suis même certaine. Depuis je me bats pour récupérer ma fille et ma vie.
Mais je sais que Trevor nous aidera maintenant, parce qu'il a une dette envers moi. Et envers Courtney.
Et Trevor, on le trouvera à L'Elvana !

— Tu crois qu'on a semé les Tanner ?
— Je ne sais pas Sam, je ne sais pas ... mais je l'espère.

Moi, j'espère que tu ne te trompes pas Molly, je l'espère vraiment.
Et je suis toujours dramatiquement invisible.
Totalement négligeable aussi.
Et toi Barney, pourquoi es-tu si mal à l'aise à l'évocation de L'Elvana ?

Quelques gouttes de pluie toujours. Saupoudrées avec fluence.
Epaisses.
Rares maintenant.
L'Elvana brille dans les derniers filets d'eau froide.
L'enseigne de néon bleu franc illumine au moins la moitié de la ville.

Pourvu que je ne reste pas coincé dans ce club ! Vingt-sept ans de mon éternité au Clandestino, ça suffit.

La Cadillac se gare bien en évidence sur le parking qui commence à se vider.
Heure tardive oblige.
L'ELVANA.
Façade toute en longueur. Classique.
Toit plat avec un débord façon porche.
Un éclairage par dessous fait de néons crus. Blancs.
Fameux *diner* caricatural. Comme il en existe tant.
Architecture pathétiquement fausse. Imitation sixties.
Un bâtiment tristement bas.
Entrée centrale vitrée. Fenêtres sur allèges, encadrement bleu. Sous-bassement habillé d'un insipide damier noir et blanc.
Un tableau de Hopper, s'il n'avait pas été inspiré.
L'intérieur est un véritable concentré d'américanade.
Carrelage à damier noir et blanc au sol, à nouveau.
Néons colorés à profusion.
Et tout autour d'une scène centrale circulaire, rayonnent des boxes avec leurs inévitables banquettes en skaï bleu et blanc et leur table en formica sur pied en inox.
Un réel cercle de célébration.
Un autel à la gloire des fantômes du passé.
Les serveurs en sosies de stars maintenant disparues ou presque. Elton John, Hendrix, Marilyn, David Bowie,

Johnny Cash, Madonna. Et d'autres probablement que je ne distingue pas ou ne reconnaît pas.
Fake absolu.
Créativité en berne.
Il ne manque que la Ouija Board pour convoquer les esprits.

Mais combien sont-ils ?
Et pas de Kurt Cobain !
Heureusement, je suis invisible.

Ça brille, ça scintille.
Sur la scène centrale, un pseudo imitateur maladif en train de singer maladroitement Elvis Presley.
Je ne l'avais jamais vu en vrai. Alors en concert encore moins. J'avais dix ans à sa mort. Evidemment j'avais déjà entendu la radio et écouté des disques sur la chaîne hi-fi en faux bois de mes parents.
A cet à cet âge, même si je dessinais, j'avais déjà décidé de devenir une rock-star. Mais pas une idole.
Alors la disparition d'Elvis, Idole parmi les idoles, idole brulée de fanatisme, je ne m'en souviens pas.
Donc Elvis, enfin, ce sosie.
Le type imite bien tout de même !
Jolie tenue.
Ensemble en cuir noir moulant, bronzé gominé. Bombe sexuelle pleine d'énergie.
L'illusion est presque parfaite. Presque …

Il faut assumer le faux.
Vous lui trouvez quoi à ce type ?
Joli déhanché.
Même si ses jambes semblent avoir du mal à le porter vu la démarche.
Jolie voix. Puissante. Grain velours.
Timbre charismatique.
Presque juste.
Juste moche en fait.
Elvis peut-être. Mais surtout pas le King !
King des loosers.
Ok, ça fait son effet.
Un peu.
Je m'étonne de ne pas voir de karaoké !
Jailhouse Rock massacré !

   — Trevor, tu chantais si bien.
   Comment en es-tu arrivé à ça ?
   — Molly ! Quelle surprise !

Ah mince ! C'est toi Trevor ... Va falloir bosser le chant si tu veux continuer dans ce business ...
Et donc toi Molly, tu as craqué pour cette copie en papier pailleté.
Si encore il chantait du Grunge ...
Et ne me parlez pas de jalousie. Merci.

9855

29

KING & PRINCE

Je vois bien qu'il est tendu.
Barney et ses magouilles. J'aurai dû y penser.
Y-a-t-il un lieu où mon Rasta-voyant n'est pas venu racoler ? C'est bien le moment…
Mais peu importe, il ne me voit plus.

— Barney Benett ! Tu ne manques pas d'air de revenir ici !
— Trevor ! Comment ça va mec ?

Tension manifeste. Électrique comme le ciel de cette nuit. Barney, qu'as-tu fait ?

— Comment ça tu n'as pas gagné aux courses ? Tu as dû te tromper en notant les numéros parce que les cartes ne se trompent pas elles.

— Non seulement je n'ai pas gagné, mais j'ai perdu un max de fric dans cette affaire !

Rires francs et sincères.
Accolade fraternelle.

— Je suis heureux de te revoir.
— Moi aussi mon ami. Il était temps. Merci infiniment. Ca s'est bien passé ?
— Jusque là. Je te raconterai. Mais avant, je crois que Molly et toi avez des choses à vous dire.

Fausse alerte. Je suis médisant. Et soulagé.

— Donc vous vous connaissez !
— Oui ...
— Pourquoi tu ne nous l'as pas dit Barney ?
— Ce n'est pas à moi d'en parler Molly ...
— Plus tard Barney, il faut que j'y retourne. On se voit après.
— Ok Trevor, ok ...

Ce type nous doit des explications. Toi aussi Barney d'ailleurs !
Le King du mystère et le Prince des magouilles.
Fine équipe de secours.

30

DEBARQUEMENT 1

"Load up on guns, bring your friends
It's fun to lose and to pretend !" -
(Charge tes armes, amène tes potes
C'est amusant de perdre et de faire semblant.)
Smells like teen spirit - NIRVANA

— Et ton type, dans son garage. Comment tu sais qu'il est meilleur qu'Elvis ? Puisqu'il est dans son garage.

— C'est une hypothèse.

— D'accord mais s'il joue dans son garage c'est qu'il est moins bon qu'Elvis. Sinon il ferait des concerts ! Logique.

— Mais si personne ne l'a encore repéré, comment veux-tu qu'il fasse des concerts ?

— Si personne ne l'a repéré, c'est qu'il est moins bon qu'Elvis. Point à la ligne. Elvis, c'est pas le King par hasard tout de même.

Le Ford F150 rouge stoppe ostensiblement devant la vitrine de l'Elvana.

— Génial ! Y a Elvis qui chante ! Et la Cadillac est garée là devant.

Le parking est maintenant quasiment vide mis à part les quelques voitures des employés de service.
La pluie a fait le ménage devant l'établissement. Les néons finissent d'inonder le parking de leur lumière fade.

Personne ne fréquente plus ce resto manifestement. Elvis aurait-il fait son temps ? Ou Trevor manque-t-il à ce point de talent ?

— Junior, tu peux pas te concentrer deux minutes ?
— Si, je t'assure, c'est Elvis. Regarde. Cool !
— Tiens, voilà les Tsars !
— On va régler ça vite fait, bien fait Junior. Tu vas voir !

Elvis, enfin Trevor sous les spots de l'Elvana bien visible à travers les vitres n'a que faire de ce qui se trame sur le parking.

Mais moi j'observe ça avec un peu d'appréhension tout de même.

9855

31

DEBARQUEMENT 2

" *Take a look to the sky just before you die. It's the last time you 'will !"*
METALLICA - *For Whom the Bell Tolls*.
(Jette un œil vers le ciel juste avant que tu ne meures. C'est la dernière fois que tu le ferras !)

Freinage sonore.
Les deux Humer se posent lestement devant le pick-up rouge.
Bloquer l'adversaire.
Au moins, il ne pourra pas s'échapper.
Au plus proche des frères Tanner, impassibles et raides sous la pluie.

9855

Quatre anciens combattants du régiment Azov débarquent du premier 4x4. Deux Biélorusses, un Serbe et un Polonais.
Trois Ukrainiens descendent du second.
Les sept mêmes mercenaires. Identiques.
Tous dirigés par ce huitième soldat, l'hypocrite Wladimir Goulonov.
Un véritable bataillon. " Les hommes en noir."
Une unité paramilitaire spéciale, d'extrême droite formée de volontaires, dévoués à la cause de Mr Dymitry. Des anciens de la base de Berdiansk, dans l'Oblast de Zaporijia.
Tous se sont enrichis pendant la guerre du Donbass. Trafic d'armes en activité principale. Entretenir les conflits, un véritable devoir ! Entretenir le commerce surtout.
Maintenant, ils importent de l'héroïne en Crimée et en Russie, depuis les Etats-Unis. En Europe aussi. Plus lucratif. Plus dangereux aussi.
Une retraite secrète en France, à côté de Paris dans les Yvelines, en vallée de Chevreuse plus précisément, quand les choses tournent mal. « OKLM » comme ils disent.
Pas commodes "les hommes en noir".
Sur-armés aussi.
Et en cas de problème, un crédo: "Combattre le feu par le feu".
Explicite.

Les évènements prennent une mauvaise tournure manifestement. Et je ne peux toujours pas prévenir Barney.

Donc les deux frères Tanner sur le parking qui tentent de regarder un sosie d'Elvis Presley à travers les vitres. Sous la pluie bien sûr !
Et huit mercenaires débarquant de leurs 4x4.
Regards croisés. Acquiescements de la tête.
Et tous de se retrouver sur l'arrière de L'Elvana par souci de discrétion ...

Dans un film de Quentin Tarentino, on aurait probablement appelé cette scène : « L'impasse mexicaine du parking de l'Elvana. »
C'est à dire ce moment improbable mais tellement prévisible où tous les personnages se braquent mutuellement d'une arme. La conséquence n'est qu'aucun d'entre eux n'a intérêt à attaquer le premier.
Confrontation qui laisse beaucoup de place à la réflexion.
Impasse mexicaine donc.
A huit contre deux, cette combinaison n'est évidemment pas possible et les Tanner sont à priori perdants.
Mais c'est sans compter sur la foi et la cupidité de Wladimir Golounov, et de ses trois complices Ukrainiens, Mykhaylo, Oleksander et Pavlov qui ont vu dans cette situation inespérée, la possibilité d'éliminer à la fois les métèques Siciliens, les Tanner et à la fois ces quatre immigrés

de sous-races qui n'ont rien à faire dans le commando Azov.

Pureté Ukrainienne avant tout.

Et accessoirement, détourner un peu de came. Dymitry est bien assez riche comme ça et les petits Français en raffolent.

Et puis eux aussi méritent d'avoir leur propre business tout de même.

Conséquence numéro 1 :
Derek braque Wladimir qui braque le Polonais, Dobroslaw qui braque Oleksander qui braque Yuiy le Biélorusse qui braque un autre Ukrainien , Mykhaylo qui braque l'autre Biélorusse, Volodymyr qui braque Pavlov le troisième Ukrainien qui braque Junior qui braque le Serbe Borislav, qui braque Wladimir.
Stratégiquement, il vaut mieux attendre avant d'agir.

Le tonnerre ou l'éclair ? On ne sait pas. Mais ce détonateur a décanté les choses après de très longues secondes d'observation.

Conséquence numéro 2 :
Derek tire sur Wladimir qui tire sur Dobroslaw qui tire sur Oleksander qui tire sur un Biélorusse qui tire sur un autre Ukrainien qui tire sur l'autre Biélorusse qui tire sur le troi-

sième Ukrainien qui tire sur Junior qui se tire une balle dans le pied droit alors que Borislav prend une balle perdue.
Le Rock'n Roll endiablé d'Elvis Presley a largement couvert cette décimation sonore.
Mais il ne s'agit pas d'un film de Tarentino, et aucun héro ne surgit du chaos.
Les Tanner sont au tapis alors que « les hommes en noirs » sont plutôt «les hommes en rouge et noir ».
Un véritable sans faute.

Ok ! KO technique général. Règlement de compte à Elvana Choral.
Barney, ce n'est pas si important finalement.
Le problème s'est réglé de lui-même. Sorte d'euthanasie collective ...

9855

32

SEDUCTION & DESILLUSION

Like a river flows surely to the sea
Darling so it goes
Some things are meant to be
Take my hand, take my whole life too
For I can't help falling in love with you.
(Can't Help Falling in Love - Elvis Presley)

— Comment m'as-tu retrouvé?
— Il y avait cette carte de l'Elvana qui traînait dans ma loge. Je ne sais pas qui l'y avait déposée. Mais j'ai immédiatement compris.

— Pourquoi tu ne reviens pas vivre avec moi ?
— Tu vas un peu vite Trevor !

Le face à face tant attendu.
La rencontre inespérée. Depuis tout ce temps.
Tant d'errances, de déserrances.
Tant de questions sans réponse.
Et tant d'incompréhension aussi.
La banquette en simili bleu et blanc. La table en formica bleu. La boîte de serviettes papier en acier inox. Sel poivre Ketchup et quelques frites écrasées. Relents de cuisine et deux employés de service en action.
Serpillères, balais-brosses et eau de javel.

« BLEACH ». *Mon premier album !*
Insuffisant pour éponger les larmes et nettoyer le passé .

Trevor dévore Molly des yeux.

Et Samantha, et Barney, mais où sont-ils ? Je n'aime pas la direction que prend cette discussion.

— C'était avant.
— Evidemment.
— Tu n'étais pas prêt.
— Je m'en doute.
— Tu regrettes.
— Bien sûr.
— Je t'ai manqué.
— Sans doute.

— Je n'ai pas eu le choix.
— Ah bon ?
— Tu étais ma reine.

Les mains qui se frôlent.

— Et maintenant ?
— A ton avis ?
— Tu me dois tellement d'explications Trevor.
— Oui, tu as raison. Je te raconte.

Echange de regards.
Sans équivoque.

Samantha te revoilà ! Où étais-tu ? Tu ne devrais pas t'approcher. Pourquoi tu écoutes ?

Regard noir.
Molly mais …
"Tu étais ma reine ! "
Et moi alors ?

Quelques tremblements. Presque des convulsions maintenant.
Les poings qui se referment à s'en casser les doigts.
La tension excessive dans les muscles.
Mâchoire verrouillée.

Les larmes. Je n'ai jamais vu autant de larmes. A part les miennes peut-être.
Ne reste pas en retrait, va la voir Sam.
Parle-lui.
Et toi Molly, ne la vois-tu pas ?

« Tu étais ma reine ! »
Comment peux-tu ?

« Tu étais ma reine ! »
Tu te prends peut-être pour un roi ? Le King ?

Porte-la donc cette couronne futile.
Ta corole inutile.
Factice.
« Tu étais ma reine ! »
Et bien règne donc en solitaire maintenant Molly.

Calme-toi Sam, il faut que vous discutiez ensemble.

Notre serment.
Mensonge et trahison.
Manifestement tu préfères ton idole de papier.

Et cette porte que je franchis comme une arche de souffrance.
Reprends-les tes deux ailes et vole toute seule.
Après tout, je n'ai jamais voulu être un ange Molly.
Ma véritable sentence.

— *Sam attend ! Sam ? Barney t'es passé où ? Décidément.*

Sam, je ne te lâche pas.
Et Molly et Trevor qui n'ont rien vu.
Et cette sensation inexplicable que la situation m'échappe toujours un peu plus.
Où veux-tu aller Sam ? C'est la nuit.
Il n'y a rien que de la pluie ici.
La pluie et le froid.
Sam, je suis là moi. Je suis là pour toi. Mais tu ne me vois pas.
Tu ne le vois pas…

— *Sam ? Samantha !*

9855

33

LA CHUTE

Samantha Abott,
Un père gérant de bar et une mère serveuse. A Hollywood.
Comme un présage.
Ecole de danse, puis de théâtre. Que faire d'autre à Hollywood ?
Un joli contrat de comédienne dans une troupe prometteuse.
Hollywood toujours.
Et la rencontre avec l'acteur principal, star de seconde zone. Vingt-six ans d'écart.
Et alors ?
Un mariage à Las Vegas, devant un Elvis de pacotille.
Logique.
Jusqu'au passage d'une actrice plus jeune.
Logique encore.

9855

Décembre 1997, une soirée arrosée dans un bel appartement de Seattle.
Un producteur.
Un peu de cocaïne pour commencer.
Première expérience.
Et la seringue sarcastique qui transperce les peines et les veines.
Illusion diabolique.
La dépendance vertigineuse ensuite.
Logique.
Détroit.
La cure de désintox. Apomorphine. Trop violente.
Chicago.
La seconde cure. Subutex. Douloureuse et inachevée.
New York.
Les jobs alimentaires qui se multiplient sans finalité.
Les castings inutiles.
Et la rencontre avec Molly. Sublime et délicieuse.
Salvatrice.
Le sevrage enfin.
Et l'amitié suprême. L'amour peut-être ?
Aberdeen.
Et ce casting maudit.
Le Clandestino depuis bien trop longtemps.

— *Où vas-tu Samantha ? Tu ne peux pas partir comment ça !*

Et cette rencontre maudite, ces retrouvailles imprévues.
Désappointant.
Déprimant.
Démoralisant.
Désolant.
Pitoyable.
Minable, tout simplement.
L'Elvana et son King de carton pate.
Pourquoi ne m'en as-tu pas parlé Molly ?
Je vous hais tous.
Et je me déteste.

— Calme-toi Samantha, tu ne sais plus ce que tu dis. Et tu ne m'entends pas. Evidemment.

9855

34

DESERRANCE

*"Mayday, every day, in my day
Could've had a heart attack, in my heart.
We don't know anything, in my heart.
We all want something fair, in my heart."* NIRVANA - Tourette's

*(SOS, tous les jours, dans ma journée
Je pourrai avoir eu une attaque cardiaque, dans mon cœur
Nous ne savons rien, dans mon cœur.
Nous voulons tous quelque chose de juste, dans mon cœur.)*

L'orage à nouveau.
Sonore d'abord. Presque assourdissant.

Les nuages ensuite, noir profond, afin que les fantômes ne puissent toujours pas voir.

Qu'ils ne communiquent plus. Je sais, merci !

Le vent, soudain, chaud et froid à la fois. Mais violent.
Et l'éclair, brusque, explosif.
Fulgurant.
Un flash.

Le tonnerre aussi.

Un vrai rempart au surnaturel. Je suis toujours seul.
— Barney ? Allo ?

La pluie persistante, encore. Féroce et glaçante.

— Samantha où vas-tu ?

Et je n'ai pas froid. Mes larmes me réchauffent et se mélangent à l'obscurité. L'eau glaciale me purifie. Mes vêtements détrempés collent à ma peau.
Une goutte d'eau plus téméraire s'écrase sur mon épaule gauche, roule le long de ma veine céphalique, me montre un chemin sans obstacles et vient s'étaler ironiquement au creux de mon bras.

— *Samantha que fais-tu ? Barney, tu ne veux plus m'entendre ?*

Cabine téléphonique délabrée, un peu plus bas dans la rue déserte. Vitre brisée, et graffitis obscènes. Repère de junkies manifestement.
Tant mieux. Je suis à ma place.

— *Allo Barney, on a besoin de toi ici !*

Assise en tailleur au fond de la boîte de verre et métal je laisse mon corps crier. Ma peau me brûle. Mes veines palpitent de tentation et d'excitation. J'ai posé devant moi la minuscule pochette trouvée dans le coffre de Cad'.
Cuir noir granuleux, "Chris Capelan" brodé en fil doré sur le devant en lettres mièvres.
Je tire la fragile fermeture éclair en acier doré.

— *Sam tu ne devrais pas. BARNEY ! BARNEY ! Mais où es-tu ? Et ce fichu orage qui n'en finit pas. BARNEY tu m'entends ?*

— Molly, tu étais mon amie, mon héroïne. Ne t'inquiète pas. J'en ai trouvé une autre dans le coffre de la Cadillac. Tu ne le sais pas et ça ne t'intéresse pas car tu préfères ton idole de pacotille. La voici ma véritable amie, celle qui m'a si patiemment attendue. Celle qui m'a tant manquée. Celle que j'ai quittée pour toi. Ma fidèle héroïne.

Kit de survie au fond de l'écrin de cuir noir garni de velours rouge sang.
Au complet.
Garrot latex jauni.
Cuillère en argent.
Briquet jetable.
Deux petites fioles, eau et acide ascorbique.
Et cette seringue, mon jouet préféré.
Quelques aiguilles pas trop rouillées aussi.
Parfait.

Un peu de Naxolone aussi. Je l'ai vu Samantha.
Eclair tranchant.
Tonnerre sourd et violent. Comme si les nuages jouaient en double pédale sur leur batterie de coton.
Coda ?
Flash de nouveau.
La pluie frappe autant qu'elle peut d'un rythme qui s'accélère. Bruit amplifié dans ma cabine de survie dans laquelle je me détruis.
Assourdissant.

Par-delà les limbes de Kurt Cobain

— C'est pas vrai ! Sam non ... il ne faut pas.

Le petit sachet en plastique transparent dans la paume de ma main.
L'alarme de mes sens qui hurle.
Cette poudre blanche si fine.
L'essence de mon âme qui brûle.
Préparation méticuleuse.

Gestes automatiques. Précis. Assurés.
Immédiatement retrouvés. Instinctifs.
J'enroule l'élastique, je tapote de l'index.
Pas d'hésitation.
Parce que j'en ai tellement envie.

— Stop ! Arrête ça s'il te plait !

Regard sur la veine qui palpite
Je frissonne d'euphorie par avance.
L'aiguille brille de plaisir sadique.
Et cette poudre magique qui se délectera de mon sang comme d'une vulgaire friandise.
Inspiration.
Temps mort.
Et je plante.

Une petite tirette de contrôle. La petite rose rouge. Au revoir le garrot.
Et j'injecte. Presque la moitié.
Pour commencer.

Je connais trop bien cette ravissante sensation ... enivrante aussi.

Doucement. J'arrête quelques secondes. J'attends un peu. Rien. Et je continue ...
Mon pouce se tend sur le piston froid de la seringue alors que mon index s'enroule sous les ergots du tube.

Jusqu'à cette onde de choc trop longtemps attendue qui traverse d'abord mon cerveau puis mon corps.
Le flash !

— Sam, tu n'aurais pas dû ... Il ne fallait pas ...
Mais comme j'aimerai être capable de revivre cette pénible et jouissive récréation que j'ai tant de fois expérimentée.
Chaleur irradiante. Un peu trop tout même. Mais c'est ce que je recherche.
Et ma respiration qui ralentit pendant que mon cœur doucement s'engourdit.
Mes muscles ensuite, mous, totalement mous.

Mon souffle est imperceptible maintenant. Mes pulsations fleurtent avec le néant.
Et ralentissent encore.
De plus en plus lentement.
Vers l'infini je m'exalte.

 — *Sam...*
Je vois bien sa peau qui pâlit. Ses lèvres bientôt bleues.
Et les pupilles de ses yeux, plus petites encore qu'une tête d'épingle.
Je connais trop bien cette sensation. Malheureusement.

Et je dors.
Exaltée.
Recroquevillée dans mon cercueil vertical, profondément je dors.
Je dors si profondément que je me réveille.

 — Qui es-tu ?
 — *Bonjour Sam.*

9855

35

DANS LE COFFRE DE CHRIS

Parenthèse numéro sept
04 avril 2021, le matin - La Pontiac 79'

Courtney saute énergiquement sur la banquette arrière, Bodha son ours blanc en peluche dans une main, cartable dans l'autre.

— Papa, quand est-ce que Maman vient me chercher ?
— Chris! Arrête de m'appeler Papa. Chris, c'est pas compliqué. Bon sang !   Et donne-moi ce cartable.
— Quand ?
— Je sais pas. Bientôt. Quand elle aura fini de se camer.

Fermeture du coffre de la voiture d'un geste rageur et exaspéré après s'être assuré que sa cargaison de petites boîtes en forme de cœur soit toujours complète et parfaitement rangée. Le petit cartable en évidence par-dessus.

Changement de programme.
Marre des Tanner.
On va faire ça en direct avec les Ukrainiens.
Plus simple. Plus rentable.
Plus dangereux peut-être, mais ça en vaut la peine.

Passage par l'école de la gamine. A deux pas d'ici.

— C'est Bonnie qui passe te prendre. Bonne chance.

Et Courtney de faire un signe de la main avec Bodha avant de se retourner.
Définitivement.

Et en route pour le rendez-vous interdit, les écouteurs sur les oreilles, un vieux Nirvana en MP3 sur l'Iphone, pour me détendre.
Après je disparais.
Seul.
Définitivement.

36

TROUVER SAM

« My girl, my girl, where will you go ?
I'm going where the cold wind blows. »
« Ma chérie, ma chérie, où vas-tu aller ?
Je vais où le vent froid souffle. »
Where Did You Sleep Last Night ? – LEADBELLY / NIRVANA

— Barney, tu as vu Sam ?

— Non, elle est pas avec vous ?

— Bah non, on croyait qu'elle était avec toi !

— Elle n'a pas pu aller loin. Elle est à pied. La Cad' est toujours sur le parking.

— Il faut la retrouver absolument. J'ai un mauvais pressentiment. Avec cette pluie en plus.

— Je croyais que tu étais voyant Barney ? Et ton pote le fantôme, il ne devait pas nous aider ?

— Je ne sais pas où il est passé… mais je vous jure que…
— Arrête Barney ! Merci.

Panique et désarroi sous l'averse nocturne persistante. Malheureusement Seattle est fidèle à sa réputation.

— Là ! Au bout de la rue, c'est pas le type de tout-à-l'heure ? Celui avec la moto en panne et le petit carnet ? Le biker ?
— Exact Barney.

— M'sieur, vous vous souvenez de nous ?
— C'est possible. T'as changé d'avis pour le business ?
— On cherche notre amie. Sam. Tu ne l'as pas vue ?
— C'est possible.
— On a pas le temps de jouer.
— C'est pas gratuit les infos.
— Ecoute, c'est pas le moment.
— Tu donnes quoi en échange d'une info.
— J'ai pas le temps de marchander.
— C'est toi qui voit. Bon, allez, je dois y aller, je suis attendu. Bonne soirée.
— Non, mais attend !

Tintement des clefs contre le Saint-Christophe en argent. Reflet nocturne en sus.

Molly et son regard le plus lugubre. Celui qu'il ne faut pas croiser.

— La Cadillac des Tanner est sur le parking de l'Elvana, un peu plus haut. Voilà les clefs. Tu en fais ce que tu veux.
— Bah voilà ! Y sont raisonnables ! C'était pourtant pas compliqué.
Votre copine est partie par là. Elle fait une sieste dans la vieille cabine téléphonique à l'angle de Eastlake et Blaine Street. Elle avait l'air bien fatiguée. A mon avis, vous ne devriez pas traîner.
— Et tu ne l'as pas aidée ?
— J'ai pensé à lui faire du bien mais il fait trop froid.
— Toi, si on te retrouve …
— C'est ça … traîne pas trop seule chérie.
Au fait, quand vous voulez pour refaire du business !
— Vite, suivez-moi, je sais où c'est.
— Dépêche-toi Trevor. On te suit.

9855

37

CONTACT & DILEMME

— Mais qui es-tu ?
— *Qui je suis ? Ce n'est pas important.*
— Qu'est-ce que je fais ici ?
— *Tu ne devrais pas être ici.*
— Je connais ton visage.
— *Peut-être bien. Oui.*
— Je me sens bien avec toi.
— *Moi aussi.*
— J'ai envie de dormir.
— J'ai envie de courir.
— *Le moment n'est pas encore venu pour toi Samantha.*
— J'ai l'impression de te connaître depuis toujours.
— *Moi aussi je te connais bien.*
— J'ai l'impression de voler.

— J'ai l'impression d'être collée.
— *Tu es entre deux mondes Sam.*
— Ta voix est si familière, je la connais aussi.
— *Je t'ai parlé souvent.*
— Tes yeux. Ils sont si doux. Je voudrais m'y perdre.
— *Je suis ici pour toi Sam. Pour que tu repartes.*
— Mais je me sens si bien. Je veux rester avec toi. Ici.
— *C'est impossible. Tu as tant de belles choses à accomplir.*
— Où est Molly ?
— *Elle te cherche Sam.*
— Sais-tu voler ?
— *En quelque sorte ...*
— Molly a deux ailes, elle.
— *Si tu veux.*
— J'ai peur.
— *C'est normal.*
— Elle me manque.
— *Je sais. Tu lui manques aussi.*
— Je te reverrais ?
— *Sam, je ...*
- *Je ne sais pas. Réveille-toi maintenant. Il le faut.*

Quelques étoiles particulièrement brillantes en vue. Les nuages se dissipent rapidement. Le réservoir de larmes froides de l'au-delà achève enfin de s'inonder de vide.

Le filet de câbles téléphoniques crépite au contact des dernières gouttes de pluies.
La course, en descendant Blaine Street.
Respiration saturée.
La pluie, les pleurs, la sueur.
Tous liquides.
Et enfin.

— Samantha ! Samantha !
— Elle là ! Dans la cabine.

Ha, enfin, vous voilà !

— Vite Barney, Trevor, aidez-moi.
— Et toi ? Tu es qui ?
— T'es nouveau à L'Elvana ? Vous êtes venues avec un sosie de Kurt Cobain ?
— Quel type ?
- Non, rien. J'avais cru voir quelqu'un.
— Si, c'est lui, c'est Kurt ! Je vous l'avais bien dit ! C'est mon pote. T'étais passé où mec ?
— Arrête Barney, ce n'est vraiment pas le moment.

La pochette noire Barney.

— Pourquoi Sam ? Pourquoi as-tu fait ça ? Reste avec moi s'il te plaît.
— Elle est frigorifiée, toute bleue !
— Sa mâchoire est tellement raide !

Barney ?
La Naxolone, dans la pochette noire Barney. Prend-la. Vite.

— J'entends sa respiration. Faible, mais je l'entends.
— La Naxoquoi ? Là ! Dans la petite pochette en cuir.
— Quoi Barney ?
— Dans la pochette noire à côté d'elle, le kit de Naloxone — ... heu, Naxolone. Bon, passe le moi Trevor. Vite.

La cuisse. N'hésite pas.

— Tenez-la bien, qu'elle ne bouge pas.

Geste autoritaire et ferme.
La seringue se plante vigoureusement dans la chaire, à travers le jean détrempé.

La seringue, vide-la entièrement Barney. Fais vite !

— Injecte tout Barney ! Vas-y ...
— Je fais ce que je peux !

— Je sens le souffle de sa respiration. Faible. Mais je le sens.

— Elle reprend conscience !

Oui.
Heureusement, elle se réveille.
Malheureusement, elle se réveille.
Envoutante Samantha.

9855

38

VENDETTA

— Ha ! Bah te voilà. Je t'avais encore laissé tomber derrière les casiers de bouteilles vides. Y a tout de même vingt billets dessus ! Ma pince à billets porte-bonheur !
Il était temps que je te retrouve et puis ce fichu Russe me fatigue.

Arrivée silencieuse.
Phares coupés.
Moteur éteint.
Sur l'élan.
L'élan de haine.
La nuit est bien en place. Insondable et complexe.
La pluie s'est arrêtée. Tant mieux.
Détermination.
Mes Wehrmacht Kanisters bien en mains.

Le liquide qui s'écoule par hoquets irréguliers. Effluves caractéristiques tout de suite.
Benzène.
Hydrocarbure aromatique. Odeur douce.
Oui, ça va être doux.
Mais gare aux vertiges.
Un jerrican sur l'arrière d'abord, pour empêcher toute fuite. Vingt litres donc.
Le deuxième repandu le long des fenêtres. Un troisième vidé sur l'entrée. Et puis un quatrième, juste pour passer la colère.
Tout semble calme dans le cabaret félon.

— Cher Monsieur Tanner, si je ne récupère pas ma cargaison, j'ordonne à mes hommes de brûler votre établissement. Wladimir se fera un réel plaisir de le faire flamber.
— Je sais Mr Dymitry. Je sais. Vous pouvez faire confiance à mes fils.
— Je ne fais confiance à personne Cher Monsieur Tanner. Jamais et surtout pas à un Sicilien.

Le métal du Zippo est froid presque glacial. Une poussée du pouce droit vers le haut et le capot en acier pivote furtivement.
Geste sentenciel.
Pression de la pulpe du pouce, ensuite. La molette crantée roule sur son axe et produit l'étincelle attendue.

Puis la flamme, jaune, ensuite légèrement bleutée.
Je souffle et respire enfin.

Sans se retourner Bonnie Capelan enfonce vigoureusement l'accélérateur de la Lincoln et dans un crissement de pneus alarmiste et un peu de fumée d'échappement, s'éloigne irrémédiablement du cabaret incandescent, le Zippo coupable bien calé au fond de sa poche, les Wehrmacht Kanisters vides sur le bord du trottoir.

— Qu'est-ce qui se passe ?
— rendors-toi Courtney, ce n'est rien. Rendors-toi on a encore un peu de route à faire.
— Quand est-ce que Maman vient me chercher ?
— Dors !

Panique au Clandestino.
Le feu.
Le feu qui purifie et m'apaise.
La fumée aussi.
Aussi fourbe que mes pensées.
Un de ces petits miracles totalement improbables. De ceux qui me font croire en ma justice.
Même si je reste profondément contrariée et désillusionnée.

Fuir ?
Mais par où ?

Sauver les boîtes à cigares-billets de banque.
Une nécessité vitale.
Fuir avec les boîtes ?
Impossible, il y en a trop.
Et où les mettre ?
Il y en a tellement.
Par ici elles devraient être à l'abri.
Un peu moins maintenant.
Logique.
Quelques une par là. Ca devrait aller.
Cette fumée.
Gloria tu fais quoi ?
Le stock de came ?
Trop tard.
Les Colombiens !
Les colombiens vont être fâchés. Très fâchés.
Encore des boîtes. Voilà. Bien rangées et protégées.
Oui assurément. Ils vont être très désappointés les Colombiens.
Plus que Dymitry ?
Il est passé où d'ailleurs ? Dymitry.
Ok, quelques boîtes encore, par ici.
Trop tard.
Et mon Colt 45 ? Ah, le voilà.
Quelques cartouches.
Et cette fumée …
Ah, le voilà l'Ukrainien. Il a l'air en colère.
Surtout avec ce revolver à la main.

— Tanner ! On sort comment de votre…

Au moins mon Colt 45 ne m'aura pas trahi lui.
Bon, les boîtes de cigares. J'en suis où ?
Quarante, cinquante, soixante quinze.
La suite maintenant.
Cette fumée toujours.
Irrespirable.
Gloria, tu es où ?
Vraiment irrespirable.
Encore une boîte.
Fichue fumée !
Je ne vais pas abandonner mes boîtes à cigares.
Jamais.
Gloria ?
Gloria, vient m'aider à sauver les boîtes !
On ne voit plus rien.
Je ne vois plus mes boîtes.
Cette fumée.
Insupportable.
Par certain de m'en sortir cette fois.
Au moins j'ai retrouvé ma pince à billets.
Porte-bonheur.

9855

39

S & M #2

— Pourquoi Sam ? Pourquoi as-tu fait ça ?

Ne connais-tu pas la réponse Molly ? Franchement ...

Les pleures à nouveau.
Ton apathique.

    — Pourquoi m'as-tu ramené Molly? J'étais si bien.
    — Sam…
    — C'était si doux.
    — Mais tu étais en train de partir.
    — J'étais enfin libre.
    — Tu l'es maintenant.
    — J'étais si légère.
    — Samantha…
    — Et cette présence, avec moi, autour de moi… voluptueuse.
    — Je suis là.

— *Je suis là aussi.*

— Je t'aime Molly. Tout simplement. Je t'aime Molly, avec deux ailes.
— Moi aussi je t'aime Sam. Tout ce qu'on a traversé ensemble. Ces nombreuses épreuves. Sans toi je n'y serais jamais arrivée.

Intonation plus impétueuse, tremblement de la lèvre inférieure.

— Mais tu m'as trahi. Tu as rompu notre serment. Comment peux-tu dire que tu m'aimes. Tu m'as menti.

Je me souviens de mes paroles : « Elle reviendra sous forme de feu, et brûlera tous les menteurs ».

— Je ne voulais pas te blesser. Trevor est réapparu si soudainement. C'était si inattendu. Je ne savais pas comment t'en parler. Tu es si sensible Sam. Il ne m'avait jamais quittée mais je ne le savais pas. Comprends-moi.
— Et je fais quoi de tes paroles Molly ? Cette peur profonde que tu m'abandonnes. Rappelle toi, *il faut deux ailes pour voler…*
— Sam…
— Tu m'as brisé le cœur.
— Je le sais Sam mais tu resteras mon amie, à jamais.

— Il va me falloir du temps…
— je te le laisserai.
— Cette présence…

Si je pouvais rougir… Si je pouvais agir…

Les larmes encore.
Sentiments emmêlés.
Peine, espoir, joie, mêlées.
Les âmes entre-emmêlées.
Situation presque démêlée.

— Trevor, Barney, aidez moi, on va la ramener au chaud, à L'Elvana.
Samantha y sera mieux pour récupérer. Nous aussi d'ailleurs.

— *Ça ne change rien pour moi…*

9855

40

SESAME

L'Elvana à nouveau. Cellule de survie pour stars abandonnées.
Le calme après le dernier service.
La constellation d'ex-stars s'est évanouie dans la nuit.
Samantha dort paisiblement allongée sur une des banquettes de skaï, une couverture la protège de la nuit.

Barney, Trevor et Molly autour d'une table.
Chocolat chaud et bières froides.
Moment propice aux révélations.

Je flotte à leurs côtés.

— Barney, c'est quoi cette clef autour de ton coup ?

Je l'attendais cette question. J'aimerai bien le savoir.
— Barney, tu crois que je peux en parler ?
— Oui, je crois que c'est le moment.

— Tu es bien sûr de toi ?
— Vas y Trevor. C'est à toi d'expliquer.

Trevor ?

Inspiration, expiration.
Temps d'arrêt.
Regard droit.

— On est en 2011. Avec Molly on vient d'avoir Courtney. Un vrai rayon de soleil.
Un peu avant, j'avais racheté un petit théâtre dans Seattle. Le Sliver. Prémonitoire … J'aurai dû me méfier.
On y jouait trois soirs par semaine une pièce qui marchait bien. Une compo perso. Un joli succès. Tu étais rayonnante dans ton rôle Molly. Si heureuse.
Mais les frais étaient bien trop importants. Faire tourner un théâtre est tellement difficile. Il me fallait de l'argent.
Je ne te l'ai jamais montré. Je t'ai caché tous ces obstacles.
Je ne voulais pas que ça s'arrête.
Alors j'ai commencé par quelques petites livraisons pour les Tsars qui avaient mis la main sur le commerce à Seattle.
Des types que j'avais croisé lors d'un voyage en Europe, en France.

On a continué à se voir à mon retour.

De l'argent que je convoyais dans des petites boîtes en forme de cœur. Beaucoup de boîtes. Jusqu'à Aberdeen. Au Clandestino.

Et je revenais avec les mêmes boîtes, mais remplies de came.

Intermédiaire entre les Tsars et les Tanner.

Pas confortable.

Beaucoup de remords aussi.

Impossible d'arrêter ; Ils me tenaient.

Mais je ne voulais pas fermer mon théâtre. Te priver de ce succès Molly.

On appelait ça l'opération Heart Shaped Boxes.

Comme c'est original ...

Un jour, sur une opé classique, le Parrain, Mr Dymitry a décidé d'augmenter la quantité de billets, sans prévenir. Il attendait évidemment en échange un important volume de came.

Mais Wladimir Golounov, son ex-fidèle lieutenant a essayé de le doubler. Il m'a piégé. Sur la route 105, un guet-apens.

J'ai réussi à m'enfuir, avec une bonne partie de l'argent.

Wladimir m'a accusé auprès de Dymitry.

J'étais l'homme à abattre pour les Tsars et pour les Tanner aussi.

Pas confortable.

Le soir même, mon théâtre brûlait. Je ne suis pas revenu pour ne pas vous mettre en danger. Pour ne pas que Wladimir et ses hommes fassent le lien entre nous. La décision la plus douloureuse de toute ma vie. Ne plus vous voir. Ne pas voir Courtney grandir. Pour votre bien.

Donc, pendant ma fuite je me suis arrêté dans un petit garage près d'Olympia.

Pour me cacher et changer de voiture.

C'est Barney qui le tenait.

Il ne m'a posé aucune question.

Il m'a juste aidé.

L'argent ne l'intéressait pas.

On a ouvert un coffre à l'Aberdeen Branch Bank sur la 1ere avenue.

Barney y a déposé toutes les boîtes en forme de cœur.

Ensuite j'ai attendu. J'ai observé, patiemment.

Moi aussi j'ai observé ...

Je me suis fait oublier.

Pas moi ...

J'ai bossé avec Barney.
Et j'ai trouvé ce job. Elvis.
Pourquoi pas après tout.

Pourquoi pas ? Il y aurait tant de raisons ...

Vivre déguisé.
J'ai attendu si longtemps de pouvoir vous retrouver.
Barney m'a toujours soutenu.
Il veillait sur vous. De loin.
New York, Aberdeen, il était là.
Mon plus fidèle ami depuis dix ans.
Quand les Tanner ont mis la main sur toi Molly, Barney a décidé qu'il fallait agir. Et vite.
Il est venu au Clandestino.
Vous savez tout et moi je n'en sais pas plus.

— Et cette clef alors ? Barney ?

— Ha oui, la clef ! Je la porte chaque jour. Cette clef ... n'a rien de magique mais elle ouvre le coffre. Celui de l'Aberdeen Bank.

— Je l'ai confiée à Barney, pour être certain de ne pas y toucher. La seule personne à qui je pouvais faire confiance. Cet argent est pour toi Molly. Pour notre fille.

— Oui, justement. Notre fille ?

— Barney a déniché l'adresse et le nom de sa famille d'accueil.

— Yep ! Et c'est pas loin.

— Barney, je t'aime !
— T'emballe pas chérie.

Barney ! Et moi qui n'avais rien vu venir ! Pourquoi ne me l'as-tu pas dit ? Savais-tu que j'étais enfermé au Clandestino ? Je commence à croire que tu es un véritable voyant ? Après tout, je suis bien un véritable fantôme.

41

LA CLEF N°3

06 avril 2021, le matin
Aberdeen

Le temps, pour moi est venu. Je le sens.
J'ai un peu peur. Je ne sais pas où je vais.
Je ne choisis pas de partir. Je pars.
Comme je suis venu.
Barney, mon ami. Tu m'as libéré.
J'espère te retrouver un jour.
Un jour très lointain évidemment.
Et toi aussi Samantha. Je voudrais te dire que je ...

— Kurt ? Kurt ?
— Où est-il ?
— Etrange ce type tout de même.
— Moi je le trouve sympa ...

— Il est beau non ?
— Sam !

Passage express sur la 1ère avenue à la Aberdeen Branch Howard Bank.
Avec la voiture de Trevor.
Plus discrète …
Une japonaise insipide qui fait son office discrètement.
Barney, Sam sur la banquette arrière …
Un bâtiment simple. Bas.
Toiture à quatre pentes recouvertes de plaques de zinc.
Façade en pierres apparentes. Du granite à priori. Clair.
Un temple !
Un temple qui renferme un trésor secret manifestement pas oublié.
Un gardien armé. Sorte de sentinelle intemporelle.
Un coffre immense au fond, auprès duquel on accède après avoir résolu des énigmes administratives.
Et Barney, de façon très cérémoniale de passer la lourde chaîne qu'il porte autour du coup au dessus de sa tête.
Geste protocolaire.
Me tend la précieuse clef.
Mouvement solennel.
Je la glisse dans la fente de la serrure. Inexorablement, la clef repousse les chasses-goupilles. Les crans alignent ainsi les goupilles à la limite du barillet et du cylindre.

Un demi-tour vers la gauche. Un tour vers la droite.
Demi-révolution de la massive porte d'acier sur son axe.
Lentement.

Alors apparaît brusquement l'infinité de petites boîtes légèrement poussiéreuses entassées de façon méticuleuse sur les tablettes du coffre-fort.
Heart Shapped Boxes.
Une enveloppe aussi, au-dessus, en évidence. En papier Kraft. Mon nom en lettres mièvres bien visible.
Geste hâtif et précipité. Presque nerveux. Trevor s'empresse de la faire disparaître. Sourire gêné.

— C'est rien, juste un papier au cas où …
— Tu es bien certain ?

Courtney ensuite et enfin.
Une formalité.
Finalement, ça n'a pas été bien compliqué de la retrouver.
L'adresse était la bonne.
A Seattle encore.
Monotone banlieue pavillonnaire.
Au fond d'une impasse. Petits jardins sur le devant.
Quatre marches en bois et un porche rustique.
Pas de sonnette.

Index replié sous le pouce. Deux coups brefs sur la porte en bois.
Un mouvement derrière le judas. Tintement de la chaînette de sécurité.
Bonnie Capelan dans l'entrebâillement de la porte.
Aucune résistance au charme d'une petite boîte en forme de cœur rempli d'amour en petites coupures numérotées, trop contente de se débarrasser d'une charge que lui avait collée Chris.
Et Courtney n'a pas hésité longtemps.
Moins d'une seconde je crois.
Le temps de demander l'avis de Bodha.
Et la chaînette de sécurité qui s'envole.

Et l'émotion qui nous inonde tous.
Frontière du nirvana surement.

La voiture de Trevor toujours.
Barney, Sam sur la banquette arrière toujours.
Courtney aussi.
Et Bodha aussi et toujours.
Direction quelque part.
Quelque part où il fait toujours beau dans nos cœurs.

— Je crois qu'avec tout cet argent, on va ouvrir un nouveau théâtre.
— Bonne idée ! Sam, ça te dit ?
— A ton avis Molly ?

— Et au fait, c'est quoi ce bouquin qui traîne dans la boîte à gants ?

— Ah, celui-là ! Une nouvelle de William S. Burroughs: Junky. Je l'ai bizarrement trouvé dans la boîte à gants de la Cadillac.
Je n'ai pas pu m'empêcher de le ramasser.

— Ça pourrait faire un super sujet pour une pièce dans ton futur théâtre !

— Mouais … on verra. Je pense aussi à un truc sur Kurt Cobain …

— Au fait Barney, je me pose la question depuis le début. Comment es-tu rentré dans le Clandestino ?

— C'est important que je réponde ? Je ne te demande pas ce que tu as écrit sur le miroir de ta loge ! Bon, c'est pas tout mais moi il me reste des cartes de visites à distribuer…

— Ça suffit Barney !

9855

42

ENSEMBLE

— Mon éternité donc.
Qui commence autant qu'elle continue.
Vous m'avez libéré de ce purgatoire. Peut-être ai-je trouvé moi-même la clef pour m'en évader.
Mais je vous observe toujours.
Sans vous voir.
Ce que j'ai écrit, ce que j'ai chanté, ce que j'ai clamé, ce que j'ai peint n'a plus d'importance.
Et n'en aura jamais.
Pas plus que les souvenirs que vous avez de moi.
Celui que j'étais n'a pas d'importance.
Ce qui compte aujourd'hui, c'est vous.
Vous seuls. Réunis.
Et heureux.
Ma nouvelle Eternité, ma Sérénité.
Je ne sais pas où je suis.

Peut-être suis-je partout.
Je vous observe et je vois comme vous êtes beaux.
Et cette agréable certitude. Savoir qu'on se reverra.

Tous.

43

NIRVANA

<u>Nirvana</u> :

Désigne un état de l'âme tenu pour parfait dans lequel tout désir, toute tension et donc toute anxiété a disparu.

C'est un jour comme tant d'autres.
Gris encore.
C'est un jour comme un autre.
Mais plus beau que les autres.
Plutôt gris clair.
Peut-être bleu en fait.
Oui, c'est ça.
Carrément ensoleillé même.
Un jour de mai sous le soleil.
Comme tant d'autres à venir.

Aberdeen la superbe, rayonnante de lumière douce s'éveille.

Alors qu'enfin je suis en paix.
Et l'amour me submerge.
Une authentique vague.
Une marée d'équinoxe peut-être.
Un tsunami.

Par-delà les limbes de Kurt Cobain

A Kurt ... tu m'as ouvert la porte.

9855